DREAMBOOKS

DREAMBOOKS

FUSION FANTASY STORY & ADVENTURE

사도연 퓨전판타지 장편소설

신세기전

dream
books
드림북스

신세기전 13 (완결) 치우기(蚩尤旗)

초판 1쇄 인쇄 2017년 8월 11일
초판 1쇄 발행 2017년 8월 21일

지은이 사도연
발행인 오영배
기획 박성인
책임편집 김다슬
표지 · 내지 디자인 공간42
제작 조하늬

펴낸 곳 (주)삼양출판사 · 드림북스
주소 서울시 강북구 도봉로 173
대표 전화 02-980-2112 팩스 02-983-0660
편집부 전화 02-980-2116 팩스 02-983-8201
블로그 blog.naver.com/dreambookss
출판등록 1999년 3월 11일 제9-00046호

ISBN 979-11-283-9113-2 (04810) / 979-11-313-0648-2 (세트)

+ 이 도서의 국립중앙도서관 출판시도서목록(CIP)은 서지정보유통지원시스템홈페이지(http://seoji.nl.go.kr)와 국가자료공동목록시스템(http://www.nl.go.kr/kolisnet)에서 이용하실 수 있습니다. (CIP제어번호: 2017019566)

FUSION FANTASY STORY & ADVENTURE

사도연 퓨전판타지 장편소설

신세기전

치우기(蚩尤旗)

13

dream
books
드림북스

신세기전

목차

58장

황(皇)

려가 고개를 끄덕였다.

"맞아. 옥황, 그놈이 갖고 있지."

지호는 살짝 짜증이 났다.

"대체 당신이란 존재는…… 하아!"

"내가 좀 인기가 많긴 했었지."

려가 어깨를 으쓱거린다.

그럴수록 지호의 미간에 골이 깊어졌다.

려는 피식, 웃음을 터뜨렸다.

"그만큼 태양로를 다루는 게 중요했으니까. 옥황…… 그러니까 준은 희의 아들로서 분명히 '황(皇)'의 자격을 얻긴 했어. 하지만 태양로를 다스릴 수 있는 힘이 없어서는 반쪽짜리에 불과했기 때문에 나를 필요로 할 수밖에 없어."

"황의 자격이란 게 뭡니까?"

"본디 '황' 이란 대대로 창세를 주관하는 자를 뜻해."

려는 장난기가 살짝 묻어 있으면서도 엄숙한 태도로 말을 이었다.

"삼황(三皇)이란 그러한 황의 자격을 가지며 수미산을 크게 번성시켰던 세 사람을 뜻하는 것이고."

탄생한 지 얼마 되지 않아 모든 법칙이 어지럽기만 하던 세상에 처음으로 법칙을 제정하고, 질서를 가져와서 수미산을 정리했던 복희.

처음으로 불을 피워 어둠을 쫓고, 힘이란 것을 가르쳐 준 수인.

농사짓는 법을 널리 알려 굶주림으로부터 사람들을 구제해 준 신농.

"그들은 한 손에는 홀(笏)을 쥐고서 제왕으로서 수미산을 다스리며 질서를 재편하는 한편, 다른 한 손에는 불을 피우고서 수미산 아래에 있는 반고를 누르고 또 눌렀어. 여와의 의지를 계승하며 밤과 낮을 수시로 경계하는 것이 바로 황이었지. 제정일치의 사회인 거야. 이를테면."

려는 손으로 턱을 쓰다듬었다.

"신 중의 신이라고 해야 할까?"

"신중신(神中神)……."

"황은 법칙과 질서를 가져오고, 어둠을 물리치며, 지식을 전파하고, 무지(無知)와 무식(無識)으로부터 사람들을 해방시킨다."

지호는 문득 떠오르는 게 있었다.

"비로자나……."

"맞아. 불가에서는 그렇게 말하지. 어떻게 보면 '빛'과도 연관이 많이 되어 있지?"

려는 천천히 말을 이었다.

"어쩌면 네가 빛이라는 신위를 갖게 된 것도. 인과율이 돌고 돌아서 너에게 배정된 것인지도 몰라."

지호는 그럴지도 모르겠다는 생각이 들었다.

삼장은 마해로 건너가게 되면 신진철을 제련하는 법을 저절로 알게 될 것이라고 말했다.

그게 사실이었다.

태양로는 오롯이 빛으로 이뤄진 것.

자신의 신위가 아니고서야 제대로 태울 수가 없다.

하지만 반대로 말하자면, 신위가 있어도 려의 파편을 모아도 아무나 다룰 수 없다는 뜻이기도 하니.

결국 려의 후예인 자신이 빛의 신위를 얻고, 먼 세월을 건너 태양로를 손에 넣게 되는 것은 우연 같지만 필연이라 할 수도 있었던 것이다.

'여와. 이건 당신의 뜻입니까?'

지호가 의문을 던졌지만, 알 수는 없었다.

"그리고 격의 상승까지도 이뤄지고 있는 지금."

려가 힘을 주며 지호를 직시한다.

화안금정.

같은 눈인데도 불구하고, 지호는 그의 눈이 자신보다 더 깊다고 생각했다.

"너는 다시 한 번 탈각을 맞으려 하고 있어."

처음 지호가 인간의 육체를 벗어던지고 신이 되었을 때처럼.

이번에 다시 한 번 신의 껍질을 버리고 그 위로 도약하려 한다.

"황이 되는 거다. 일세(一世) 혹은 일계(一界)를 주관하는."

"……."

옥황상제. 혹은 석가여래가 앉은 자리.

"감당할 수 있겠나?"

"해야죠."

"단순히 '해야 한다' 고 마음먹어서 되는 게 아니야. 제대로 된 생각이 없다면. 어렵다고 느껴진다면 나에게로 넘겨라. 내가 대신 이뤄 주마."

"아뇨. 거절하겠습니다."

지호는 단호하게 고개를 저었다.

"제가 해낼 겁니다."

자신을 따르는 수많은 이들 하며, 려가 남겨 준 수많은 유산들.

지호는 지켜야 할 게 많았다.

"그리고 이 세상으로부터 신을 철저히 배제시킬 겁니다. 이미 창세는 끝났고, 법칙은 제대로 돌아가고 있습니다. 그런데 그 법칙이 되어야 할 신과 부처란 존재가 의지를 갖고 제자리를 이탈하려 한다면? 쓸모가 없지요."

"너 역시 신이지 않으냐? 너를 따르는 이들도."

"그래서 더 철저하게 떨어지고 물러설 겁니다. 신은 옛 시대의 산물일 뿐이니까요."

려가 빙그레 웃었다.

"그래. 난 그런 말을 듣고 싶었다."

이것이 려가 억지로나마 눈을 뜬 이유.

확인하고 싶었던 것이다.

새로운 길을 걸어야 할 새로운 자신에게.

"하지만 명심해라. 분명 격은 황이 되고 있다지만, 홀을 가지지 않고서야 너는 반쪽에 불과하다는 것을."

"명심하고 있습니다."

"어려울걸."

"예. 어렵겠죠."

"힘들 거야."

"그래도 해야죠."

려는 한시름 놨다는 듯이 고개를 크게 끄덕였다.

"좋아. 그만하면 되었어."

스스스.

그때 려의 존재가 흐릿해졌다. 려는 자신의 손을 보다 혀를 가볍게 찼다. 손 너머로 탁상이 비쳐진다.

"역시 억지로 나왔더니 얼마 가질 못하네. 시간도 얼마 가지 못하고. 너, 또 다른 거 묻고 싶은 건 없어? 지금 아니면 기회가 없을지도 몰라."

"그럼 하나만 여쭐게요."

"얼마든지."

"려."

지호는 진지한 얼굴로 려를 직시했다.

"당신의 정체는, 뭡니까?"

*　*　*

콰콰콰콰콰콰콰!

마해가 격동한다.

금방이라도 부서질 것처럼 요동친다.

마치 반고가 쇠사슬을 풀어 달라며 발작을 일으키는 것처럼. 아니, 그 이상이 된 것처럼 마해는 몸을 부르르 떨었다.

수풀은 숨을 죽이고, 마물들은 행동을 멈췄다.

마해를 따라 흐르는 법칙이 려의 것으로 치환되고, 공기가 효마기로 변질되어 사흉의 숨통을 옥죄었다.

콰아아아앙!

도올과 혼돈, 도철은 어깨를 짓누르는 압박과 중력을 버텨 내지 못하고 그대로 바닥에 처박혔다.

놈들은 제대로 일어나지도 못했다.

그저 꿇으란 명에 짓눌려 허덕이기만 할 뿐.

어느새 그들은 마물의 형태가 아닌 인간의 형태로 다시 돌아와 있었다.

"크으으으!"

"제…… 길."

"려……! 려!"

도올과 도철은 움직이질 못한다. 혼돈은 어떻게든 버티

려 안간힘을 쓰지만 뜻대로 되질 않았다.

"내가 눈을 감기 직전. 분명 너희들에게 말했었어. 아무것도 하지 말라고. 그런데…… 이건 뭐냐?"

화안금정이 요요하게 빛난다.

"모든 걸 엉망으로 만들고. 정위를 앞세워서 수작이나 부리고. 너희들이 그러고도 나의 형제들인가?"

언제나 웃기만 하던 려였다.

하지만 화를 내기 시작한다면. 전장에 선다면. 그때의 려는 달랐다.

효마.

마의 시초라는 말은 괜히 나온 것이 아니었다.

"묻지 않나. 대답해라, 형제들이여."

그때였다.

혼돈이 포효를 지르면서 억지로 일어났다.

"크아아아아아아!"

팔다리가 으깨진다. 한쪽 눈이 시뻘겋게 충혈 되었다가 터지면서 살점이 후두둑 떨어졌다. 그런데도 혼돈은 굳건하게 일어나 하나 남은 눈으로 려를 노려봤다.

영혼이 맥박질치며 효마기가 불어닥친다. 혼돈이 삼켰던 려의 파편이 권능과 감응하면서 려의 의지를 밀어내기 시작했다.

"나의 영혼 조각으로 나를 거부한다니. 조금 재미있긴 하네."

"재미있긴 뭐가 재미있단 것이냐!"

혼돈은 크게 일갈을 내질렀다.

"너는 결국 우리 모두의 바람을 저버린 것이나 마찬가지였다! 그런데도 우리는 너를 그리워하고 다시 떠올리려 했다! 다시 되살리려 했다고! 그런데……! 그런데 우리에게 이런……!"

"하지만 이런 짓을 저지르라고 하지는 않았지. 대체 얼마나 많은 사람들이 죽었고, 얼마나 많은 영혼들이 착취를 당한 거지? 목적이 수단을 정당화시킬 수 있다고 생각하나?"

"우리에겐 이 방법밖에 없었으니까!"

혼돈은 처절하게 소리쳤다.

"모든 걸 빼앗긴 우리가 이렇게라도 하지 않으면 아무것도 할 수 없었으니까!"

"……."

려는 검지와 엄지로 콧잔등을 주물렀다.

"이봐 환두."

"뭐냐!"

"네가 언제부터 나와 그렇게 눈을 마주칠 수 있었지?"

"……!"

일순, 환두의 몸이 움찔거렸다.

려의 눈이 너무 차가웠다.

여태껏 려의 힘을 밀어낸 것이 거짓말이었던 것처럼. 영혼이 공포로 바짝 얼어붙었다.

"말했지만 난 너희들의 방식에 동의할 수 없다. 나 역시 희가 마음에 들지 않고, 녀석이 만든 이 세상이 싫지만 그래도 만들어진 세상이다. 싸우려면 직접 천계와 부딪쳐야지 이딴 얕은 수를 쓴다고? 너희들이 그러고도 판천의 전사들이라 할 수 있나?"

화안금정이 시린 빛을 토한다.

"판천은 아픈 사람들이. 세상에서 버림받은 사람들이. 외톨이들이 살던 곳이다. 고통을 겪었기에 고통을 덜고자 했던 곳이, 다시 세상에 핍박을 가한다면. 그게 너희들의 뜻이라면. 좋아. 계속 그렇게 하게 해 주마. 그러니."

엄숙한 말투로 말한다.

"판천의 왕으로서 명한다."

신의 목소리로 선고한다.

"오늘부로 너희들을 판천에서 축출하겠노라."

"……!"

"……!"

"……!"

혼돈의 눈이 커진다. 도올과 도철이 고개를 번쩍 들었다.

도올이 울부짖었다.

"려! 우리가 하고자 하는 것은 그런 게 아니란 걸 알지 않은가!"

"너희들이 뭘 말하건 간에 달라지는 것은 없어. 너희들은 오늘부로 나의 형제들이 아니다."

"려!"

"날 그렇게 부르지 마라. 그 이름은 형제들이 나에게 붙여 준 이름이니까. 더 이상 너희들에게 그럴 자격은 없다."

부르르. 꽉 쥔 도올의 주먹이 크게 떨렸다.

지난 삶들이 모두 부정당했다는 사실에 도철은 아예 넋이 나갔고, 혼돈은 더 이상 버티지 못하고 바닥에 주저앉았다. 도올은 눈물만 쏟았다.

하지만 려는 눈 하나 깜빡하지 않았다. 여전히 싸늘한 모습을 한 채, 팔짱을 낀 채로 허무를 활짝 열었다. 수십 개의 쇠사슬이 촉수처럼 흘러나왔다.

이미 세 명은 저항할 생각 따윈 모두 버린 것 같았다.

효마기의 속박을 벗어나기가 어려운 데다가, 이미 통천

교주를 비롯한 다른 동료들도 잃어버렸으니 그들이 할 수 있는 건 아무것도 없었다. 그나마 남아 있던 희망마저 려가 짓밟아 버렸으니. 더 이상 의욕도 없었다.

반만년 동안 이 거짓된 세상을 바로잡기 위해 그리도 애를 썼었는데.

그들과 적대했던 제천대성이 려의 후예라는 사실을 알고도 본인이 아니기에, 그가 돌아온다면 자신들을 알아줄 것이란 믿음만 갖고서 그 기나긴 세월을 참고, 견디며, 버티면서 살아왔던 것인데.

하지만 모든 게 버림을 받았다면 더 이상 이렇게 있을 필요가 없지 않은가.

그렇게 모든 걸 받아들이려는 그때,

콰아아아아아앙!

갑자기 하늘에서부터 강한 무언가가 떨어지며 쇠사슬을 모두 박살 냈다.

"정신 차려라. 모두."

깊게 파여진 구덩이 속에서 누군가가 고개를 든다.

허리까지 닿는 푸른 머리를 길게 늘어뜨리면서 눈동자를 차갑게 빛낸다. 그를 따라 흐르는 이질적인 기운이 거짓말처럼 효마기를 물리쳤다.

그리고 마해를 따라 흐르던 공기도 급변했다.

고오오오오!

려와 비교해도 절대 뒤지지 않는 힘.

사흉 중 최강이라 불렸던 자.

여태 손오공과 싸우느라 모습을 드러내지 않았던 궁기공공. 그의 강림이었다.

도올과 혼돈, 도철은 그제야 겨우 숨통을 돌릴 수 있었다.

"헉…… 헉…… 헉……!"

"미치…… 겠군."

"……."

효마기는 궁기가 흩뿌리고 있는 푸른색 보호막을 통과하지 못했다.

단단히 응결된 수막(水膜).

궁기는 과거 자신이 왜 수신 중 하나였는지를 증명이라도 하려는 듯, 단단한 기세 그대로였다. 발치에도 수분이 다량 함유된 푸른색 기운이 소용돌이를 그리며 언제라도 일어날 기미를 보이고 있었다.

려는 팔짱을 낀 그대로 표정이 싸늘하게 굳었다. 딱딱해진 화안금정은 궁기를 비췄다.

"공공."

진실의 눈을 가졌기에, 그는 단번에 알아차릴 수 있었다.

녀석이 이 모든 사태의 원흉이란 사실을.

통천교주?

그녀조차도 피해자에 불과하다.

알게 모르게 녀석이 뒤에서 부추긴 게 확실했다.

"이제 그만하시지요, 려."

궁기는 예의를 갖춰 대답했다.

그 모습이 려는 더 마음에 들지 않았다.

"그만할지 안 할지는 내가 결정한다."

"이미 판천에서 제명당한 것만으로도 벌은 충분히 되었습니다."

"아니. 이제 시작일 뿐이지."

"감당하실 수 있으시겠습니까?"

궁기의 태연한 대답.

려가 인상을 팍 찡그렸다.

"뭐?"

"불완전한 당신으로는 힘드실 텐데요."

"……."

려는 입을 꾹 다물었다.

"끝까지 저희를 벌하시겠다면…… 예. 알겠습니다. 저희도 끝까지 저항하겠습니다. 제명당한 이상, 저희가 당신을 따를 이유도 더는 없으니까요."

궁기는 여전히 무뚝뚝한 모습 그대로 말을 이었다.

"하지만 이것만은 알아주십시오. 이미 저희 계획은 모두 끝났습니다. 반고는 묶였고, 통천교주는 죽었습니다. 더 이상 꿈으로 세상을 되돌리지 못한다면 저희로서도 여기에 있을 이유는 없습니다. 모든 게 끝났습니다."

"하지만 달리 수립한 계획은 있겠지. 안 그래?"

궁기는 말없이 웃었다.

여전히 속내를 짐작하기 어려운 얼굴.

예전부터 그랬다.

녀석은 상대하기가 까다로운 녀석이었지.

아주 잠깐, 려는 무리를 해서라도 녀석들을 잡아 볼까 하는 생각을 가졌다.

저승도 마해도 자신의 권역이 된 이상, 녀석들이 뭔가를 하기엔 어려울 테니까.

하지만 곧 려는 머리를 털어야 했다.

녀석의 말대로 자신은 불완전하다. 억지로 상대하려 들면 몸이 망가진다.

더군다나,

뚜둑. 뚜두둑.

'아직도 끝나지 않았지.'

영혼 저 안쪽에서는 여전히 격의 상승이 이뤄지고 있는

중이었다.

황으로 거듭난다는 것.

상당한 시간이 걸릴 수밖에 없었다. 무리를 해서는 되레 몸에 무리만 갈 터였다.

무엇보다,

'몸이 완전했어도 승부를 장담하기 힘들고.'

서열 상 사흉 위에 삼마백이 있었다지만, 그런 삼마백조차 궁기에게는 한 수를 접고 들어가야 할 정도였으니.

'하지만 그냥 둘 수도 없지.'

려는 두 눈을 차갑게 식히면서 팔짱을 풀고 손으로 허공을 짚었다. 저승과 마해를 관통하는 법칙, 그 속에 있는 톱니바퀴를 쥐면서 돌렸다.

"이 몸의 땅에서, 사라져라."

끼기긱!

톱니바퀴가 돌아가는 소리와 함께 세상이 크게 요동친다.

궁기는 그럴 줄 알았다는 듯 가만히 눈을 감고 푸른색 기운을 움직여 사흉 전체를 감았다. 곧 효마기가 그 위를 덮었다.

방출(放出).

려는 자신의 권역에 사흉이 있는 것을 허락하지 않았다. 그들이 지닌 존재 자체를 법칙 내에서 배제시킨 것이다.

곧 사흉은 사라지고 없었다.

그들이 어디로 갔는지는 몰랐다.

하지만 하나는 확실했다.

그곳이 이승이든, 천계든 간에 어느 곳 할 것 없이 이제 다시는 저승이나 마해로 오지 못할 터였다.

'차라리 허무로 떨어진다면 편할 텐데 말이지.'

려는 씁쓸하게 웃었다.

그래도 한때는 피를 나눈 피붙이보다 더 아끼고 사랑했던 형제들이 아닌가.

이렇게 등을 돌려야만 한다는 사실이 마음 아팠다.

하지만 려는 여기서 멈출 생각이 없었다.

'내가 이루지 못했던 것. 이 아이라면.'

그렇게 짧은 생각을 끝으로, 신공표와 비렴이 있는 곳으로 고개를 돌렸다.

존재가 흐릿해져 가던 비렴은 어느새 다시 뚜렷해지고 있었다. 신공표가 그를 부축하면서 일어나 려와 눈이 마주쳤다.

짧게 눈빛을 교환하는 동안, 수많은 대화가 오고 갔다.

"또 다른 나. 잘 부탁한다."

려의 담담한 미소를 마지막으로,

파아아아!

화안금정이 풀렸다. 백발이 다시 까맣게 물들었다. 려의 의식도 내려앉으면서 지호의 의식이 깨어났다.

지호는 아주 잠깐 가벼운 현기증을 느꼈다.

려가 남긴 생각. 사념. 저승과 마해에서 쏟아지는 수많은 정보. 커져 버린 격. 여전히 황으로 거듭나려 누에고치처럼 수없이 꿈틀대는 영혼.

하지만 지호는 그 모든 것들을 한 번에 수용했다.

그것이 계기였다.

영혼 한복판에서. 심장 한편에서.

뭔가가 폭발한 것은.

마치 태초에 자그마한 점이 폭발해서 우주가 만들어졌듯이. 지호의 영혼 안쪽에서 시작된 폭발과 팽창은 단번에 영혼을 삼키고, 나아가 그 너머에 있는 세상 전체를 뒤덮었다.

이미 품고 있던 저승과 마해는 물론이거니와, 절지천통으로 단단히 가로막혀 있던 이승에까지 닿았다.

이미 지호와 인연이 있던 남섬부주와 동승신주가 자연스레 녹아들었고, 아직 기록을 갖고 있지 않은 북구로주와 서우화주는 배제되었다.

하지만 그것만으로도 이 세상 절반을 집어삼키는 것이었으니.

지호는 자신의 영혼을 들여다보는 것만으로도 세상 전체를 한눈에 내려다볼 수가 있었다.

그들의 행동 하나하나가 손끝에서 느껴지고, 세상의 섭리 하나하나가 피부를 따라 전해졌다. 이미 지호는 우주였고, 삼라만상이었다.

찰나의 순간 동안, 급격하게 이뤄진 팽창이 멈춰질 뻔한 적도 있었다.

격의 상승은 이뤘으나, 아직 살아온 세월이 다른 신들에 비해 한참이나 부족했기에 성장에 한계가 있을 수밖에 없었다.

하지만 여기서 멈추게 되면 더 이상 팽창할 수 없으리라 생각을 한 지호는, 영혼에 각인된 려의 기록을 쉴 새 없이 되감았다.

그동안 지호는 려가 되었다.

려의 눈으로. 려의 시야로. 려의 생각으로. 려의 세계관으로 우주를 바라보고 세계를 느꼈다.

태양로가 화려하게 빛을 발하면서 자연스레 영혼 속으로 녹아들었고, 팽창은 주춤하지 않고 다시 추진력을 얻어 확장에 확장을 거듭했다.

지호이면서도 려이고, 려이면서도 지호이기도 한 새롭고도 알 수 없는 존재는 모든 걸 닥치는 대로 받아들였다.

세상 속에 살아가는 사람들도 저 드넓은 밤하늘에 펼쳐진 별이며 은하수도 받아들였다. 법칙은 물론이거니와, 어느덧 여와가 깔아 뒀다는 인과율도 삼켰다.

덕분에 지호이면서 려이기도 한 존재는 여와와도 동화되었다.

아주 잠깐 동안.

지호는 여와가 되고, 여와는 지호가 되었다.

지호는 자신으로서도 전혀 가늠할 수 없을 만큼 깊고 넓은 여와의 드넓음에 탄복하면서도, 한편으로는 그 속에 완전히 녹아 존재가 사라지지 않을까 일말의 두려움도 가졌다.

하지만 려가 그런 두려움을 배제시켰다.

더 넓은 것을 보라는 듯. 더 높은 곳을 보라는 듯.

그러한 손짓에 지호는 인과율 밖으로 나와 이번에는 여태 자신이 미치지 못했던 가장 위쪽을 보았다. 여와와 섞인 덕분에 이미 그는 신 이상의 존재로 거듭난 뒤였다.

천계가 보였다.

지호는 그 속으로도 손을 뻗치고자 문을 두들겼다.

하지만 빗장을 단단히 걸어 잠근 듯, 천계는 전혀 꿈쩍도 하지 않았다.

대신에 그 너머에 자신과 비슷하되, 좀 더 오래된 거대한 뭔가를 발견할 수 있었다.

"옥황."

옥황상제가 삼신산의 끄트머리에 서서 이쪽을 내려다보고 있었다. 선홍빛으로 빛나는 눈을 한 채로 입을 벙긋거린다.

비록 벽으로 가로막혀 있어 마치 무성영화처럼 목소리는 들리지 않았지만, 녀석의 의지만큼은 고스란히 전해졌다.

—그때 그 모습이로군. 아니. 그때와는 또 다른가? 효마이되 효마가 아니고, 천마이되 천마가 아니로군. 제천대성을 두고 이만큼이나 자랄 줄이야. 과연. 아버지께서 아끼시던 존재로다.

"내가 곧 그리로 갈 것이다."

—하! 우습구나. 한낱 조무래기 따위가 감히. 그래. 차라리 잘되었구나. 네가 직접 온다면 이번에야말로 태양로를 이 손에 쥘 수 있을 것이니.

얼마든지 기다리마.

두 존재 모두 황이 되었다지만, 절지천통이라는 벽은 여전히 컸다.

그렇게 벽을 사이에 두고 두 존재는 등을 돌리며 다시 자신들이 있는 세상으로 돌아갔다.

구석구석 모든 게 느껴진다.

지호는 한참 동안이나 우주와 세계가 주는 아늑함에 몸을 맡겼다.

저 아래.

동승신주의 사람들이 바쁘게 뛰어다녔다.

천산이 보였다. 태양빛이 다른 어느 때보다 밝다면서 신도들이 아주 좋아했다. 그들과 함께 텃밭을 일구던 동주칠마왕과 복마전도 보였다.

그들은 어디서 누군가가 자신들을 보고 있다는 느낌에 허리를 쭈뼛 세웠다가, 아무것도 발견할 수 없자 고개를 갸웃거렸다. 분명 뭔가 있긴 있는데 알 수가 없었다.

이미 그들로서도 지호라는 존재를 재단하기가 어려웠던 것이다.

천산은 언제나처럼 평화로웠기에 다른 곳으로도 시선을

돌렸다.

거의 무너지다시피 했던 구파일방은 어느덧 세를 되찾아 가고 있었고, 대륙 곳곳에 만들어졌던 나라 역시 기틀이 갖춰지면서 전쟁이 확 줄었다.

남섬부주는 여전히 바빴다.

콘크리트의 숲이 쉴 새 없이 펼쳐지고, 사람들은 수많은 정보의 홍수 속에서 허덕였다. 여전히 많은 사람들이 기아와 역병, 전쟁에 고통을 겪었지만 그래도 많은 사람들이 기뻐했던 장소였다.

어느덧 중국으로 되돌아가서 드라마를 찍고 있는 천밍위에(저팔계)가 있었고, 친구들과 어울리는 동생들이 있었으며, 여행을 다니는 아버지와 어머니, 할아버지가 보였다. 70억의 인구가 모두 지호에게 담겼다.

지호의 영혼이 품은 곳은 권역이 되어 모든 혼란이 정리되었다. 그동안 갖춰졌던 톱니바퀴가 전부 지호의 것으로 새로 교체되면서 탈바꿈을 시도했다.

서우화주와 북구로주에는 끝내 손길을 뻗치지 못했다. 여전히 많은 혼란이 닿아 있는 곳이었지만, 지호가 닿지 못했던 장소이기에 영혼에 기록이 새겨져 있질 못했다.

하지만 이쪽에서 관찰하고 어느 정도 도움을 주는 것은 가능했다.

조금만 더 시간이 지난다면 저곳으로도 손길을 조금씩 뻗칠 수 있으리라.

찰칵. 찰칵.

그렇게 확장에 확장을 거듭하던 영혼이 천천히 고정되고, 안쪽으로 함몰되면서 새로운 기틀을 갖췄다. 그 속에서 허신들이 수없이 뛰어다니면서 톱니바퀴가 되고, 법칙이 되어 새로운 이데아를 새겨 나갔다.

그러다 부족한 면이 있으면 려의 삶을 몇 번이고 되감아 그것을 채우고, 영혼의 소양을 천천히 쌓았다.

그것은 찰나이기도 했지만, 영겁처럼 끝없이 긴 시간이기도 했다.

그렇게 느리면서도 아주 빠르게.

지호는 세상, 그 자체가 되었다.

*　　*　　*

본래 세상을 다스리라며 여와가 의지를 나눠 준 황은 하나만 있어야 했으니.

하지만 옥황상제가 있어 하늘에 떠 있는 가운데.

이제는 지상에서 새로운 황이 깨어나 위를 바라본다.

이미 지호이되 지호가 아니고, 려이되 려도 아닌 새로운 존재가 된 지호는, 손끝을 따라 무한한 가능성과 힘을 느끼고 영혼에 구성된 수많은 법칙을 엿보면서도, 한편으로는 여태껏 느낄 수 없었던 거대한 벽 같은 것에 갑갑함을 느끼기도 했다.

분명 여와는 무한하다. 이 세상은 아주 넓다.

하지만 한편으로는,

'너무 작아.'

어찌 보면 어불성설일지도 몰랐다.

아직 다른 두 세상으로 건너가 보지도 못했던 자신이 크기 따위를 논하다니.

하지만 세상의 절반을 영혼 속에 품었기에, 이제 그 크기를 가늠할 수 있기에 알 수 있었다.

'이 세상은…… 알과 같아. 틀이 있어.'

그러다 문득 그런 생각이 들었다.

—이까짓 거짓된 세상이 무엇이 중요하다고.

—우리가 부처로서의 자비를 버렸다고?

—웃기지 마라.

—말세를 부르는 것은…….

—어디까지나 이 가짜를 부수려 하는 것일 뿐이니.

부처들이 스러져 가면서 수없이 던졌던 말들.

처음에는 무시를 했었다. 자신들이 제대로 힘을 쓰지 못하고 스러지니, 멍청한 소리를 한다고.

하지만 이제 와서 보니 그게 아니었다.

'그렇구나.'

지호의 눈이 깊게 가라앉았다.

'이 우주는, 아니, 이 차원은 그저 수천만 개로 갈라질 수많은 차원 중에 하나에 불과했던 거였어.'

불가에 삼천대천세계(三千大千世界)라는 말이 있다.

우리가 사는 이 세상, 즉, 수미산을 중심으로 생겨난 4대주는 그 바깥을 대철위산이 크게 둘러싸고 있어, 이것을 통째로 하나의 '세계'라고 부른다.

이러한 세계가 1천 개가 모여야 소천세계라 하고, 다시 이런 소천세계가 1천 개 모여야 중천세계라 한다. 중천세계가 1천 개 모이면 대천세계가 되며, 대천세계 역시 1천 개가 다시 모여 영역을 거듭해 나간다는 개념이었다.

만약 저들이 했던 말이 맞다면 세상에는 수많은 세계와

차원이 존재하고, 이것은 또다시 여러 개의 우주로 갈라지면서 수도 헤아릴 수 없을 만큼 파생된다는 의미였다.

'정말이지 너무나 작구나.'

그렇게 보니, 지호는 여태껏 자신들이 신입네, 부처입네, 하면서 설쳤던 것들이 모두 부질없게만 보였다.

보라.

무한한 우주 중에서 가장 작은 우주, 고작 그것 하나도 제대로 다스리지 못하면서 여태 자기들이 제일 잘났다며 우습게 날뛰는 꼴이 아니었던가.

또한, 그렇기에 한편으로 옥황상제가 왜 여태껏 천계에서 등을 지고 있었는지도 저절로 이해가 되었다.

모두 쓸데없게 여긴 것이리라.

자신의 발아래에 있는 것들을 전부 하찮게 치부한 것이리라.

저 위로 시선을 들어 보면.

저 바깥으로 고개를 돌려 보면.

저리도 가늠할 수 없이 많은 것들이 보여지는데.

여와로서도 고작 지탱하는 것이 고작인 이 세상 밖에는 저리도 많은 것들이 있는데, 이리 소소한 것들이 눈에나 들어올까.

그렇기에 옥황상제는 밖으로 나가고 싶어 했다.

이 좁기만 한 세상에서 탈피해, 새로운 세상을 탐험하고, 법칙을 탐닉하며, 저것들을 손에 넣고 싶어 했다.

하지만 그라는 존재는 이 차원에 단단히 얽혀 있는 바.

신을 넘어 황이 되었어도. 옥황상제는 여전히 밖으로 나아갈 힘이 되지 못했다. 아니, 도리어 더 단단히 속박되어 있었다.

그것은 일종의 사슬이었다.

여와가 신들에게 내린 사슬.

신들더러 쓸데없는 짓을 하지 말고 제자리에 가만히 앉아 있기만 하라는 식이었다.

어찌 보면 신위라는 것은, 신들에게 자부심을 주지만 한편으로는 신을 강제로 옭아매는 개목걸이에 불과한 것인지도 몰랐다.

결국 옥황상제로서는 그 사슬을 부수고, 오롯이 자신의 의지로 밖으로 나아가려면 한 단계 더 위로 올라야만 했다.

'유일신.'

아니, 정확하게는 이 차원의 유일한 신이란 거겠지.

그래서 녀석은 황이라는 틀도 부수려 했다. 신위를 모두 집어삼키고, 이 세상을 완전히 자신의 권역에 두려고 했다.

그래서 필요한 것이 반고.

그리고,

'완전한 홀과 태양로.'

아마도 옥황상제는 나중에 자신을 있게 한 여와마저도 삼키려 들 것이다.

그것은 부처들도 마찬가지였다.

'밖' 에서 온 게 확실한 그들. 녀석들이 어떻게 이 수미산에 닿았는지는 모른다. 단순히 밖에서 투영한 의지의 일부에 불과한지, 아니면 존재 그 자체인지도 알지 못한다.

하지만 어찌 되었건 간에 녀석들은 감옥처럼 갑갑하기만 한 이 차원을 빠져나가고자 했고, 그래서 반고를 손에 넣고자 했다.

서로 원인은 다를지라도, 추구하는 목적이 같고 하고자 하는 방향이 같았다.

지호는 그 모든 게 우습기만 했다.

'자기 세상도 제대로 다스리지 못하는 것들이, 무슨.'

비웃음만 저절로 나온다.

왜 안 그렇겠는가?

수미산 하나도 어쩌지 못하고 저들끼리 치고받고 싸우는 것들이, 욕심만 많아서는 밖으로 나아가고자 저리도 발버둥을 치는 꼴이라니.

그렇기에 지호는 더더욱 놈들을 다 잡을 생각이었다.

이제 얼마 남지 않았다.

조금만 더.

위로 손을 뻗기만 하면 된다.

'그나저나.'

지호는 아래로 시선을 돌렸다.

'여기는 어떻게 나가지?'

조금 난감했다.

지호는 이미 '관념'이나 '현상'이라는 개념으로 봐야만 했다. 법칙과 진리를 총괄하는 틀, 그 자체가 되었기에.

사실 이런 몸에 있어 인격이 존재하는 것도 말이 안 되는 일이었다. 이리도 많이 벌어지는 일들을, 인과율이라는 어마어마한 개념을 어찌 한낱 인격이 감당해 낼 수 있단 말인가.

어쩌면 그렇기에 여와는 세계수라는 새로운 몸으로 탈바꿈해 이 세상의 중심에 있는 건지도 몰랐다.

또한, 신이 전지하며 전능하면서도 완전하지 못한 것은, 신위라는 작은 틀에 갇혀 있기에 그나마 인격을 유지하는 것인지도 몰랐다.

옥황상제가 저렇게 야욕을 드러내는 것 또한 그러한 연장선이겠지.

지호도 다르진 않았다.

여와만큼 세상을 포괄하는 관념이 되지는 않았기에, 자신의 의지를 일부 모아 저승에다 다시 현현(顯現)시키는 게 가능했다.

아니, 이런 건 투영이라고 해야겠지.

그래서 저승에서 다시 지호가 눈을 떴을 때.

그것은 지호의 '일부'에 불과했다.

진짜 자신은 이 차원의 절반. 즉, 저승과 마해, 동승신주와 남섬부주 전체를 감고 있었으니까.

"주군을 뵙습니다."

"주군을 뵙습니다."

신공표와 비렴이 한쪽 무릎을 땅에다 찍으며 부복한다. 비렴은 사흉들과 싸울 때와 다르게 어느덧 몸이 되돌아오고 있었다.

지호는 비렴과 자신 사이에 어느덧 연결된 고리를 엿보았다.

그새 자신의 신위 속에 귀의한 모양이었다.

다른 허신들처럼, 그 속의 톱니바퀴가 되어 있었다.

덕분에 지호는 비렴이 '왜' 여기에 있는지 알게 되었다.

"당신은……."

"말씀 놓으십시오. 효마께서 계실 적에도 제겐 말씀을 놓으셨습니다."

지호는 검지로 볼을 긁적이며 쓰게 웃었다.

"알았어. 그럼 비렴, 당신은 마해를 지키기 위해 여기에 있었던 거야?"

"그렇습니다. 저희 삼마백은 훗날 주군께서 돌아오실 때를 기다리고 있었습니다."

"내가…… 돌아온다?"

이게 무슨 의미일까?

혹시 삼장 법사처럼 누군가 미래를 내다보기라도 한 것일까?

비렴은 고개를 더더욱 숙였다.

"예. 언젠가 돌아오시리라 굳게 믿고 있었습니다."

"……."

아아. 그렇구나.

미래를 내다본 게 아니라, 그럴 거란 믿음이 있었다는 의미였다.

'려. 당신은 정말 좋은 삶을 살았군요.'

지호는 밝게 웃었다.

"고마워."

비렴은 말없이 고개를 숙였다.

그가 어둠 속에서 보냈던 세월에 대한 보상은, 그 한 마디로도 충분한 것이었다.

화아아.

비렴의 몸이 바람결에 흩어져 사라진다. 법칙 속에 녹아들어 다른 허신들에게로 닿는다.

지호는 신공표를 보며 물었다.

"풍백과 운사가 모였다면. 우사도 있을 텐데. 그 친구는?"

지호는 동승신주와 남섬부주를 권역에 두면서 그 속에 아직 남아 있던 모든 려의 파편을 흡수할 수 있었다. 하지만 그중에서 우사에 해당하는 묘지기는 없었다.

그렇다는 건 그 밖에 있다는 뜻인데.

"저도 잘 모르겠습니다. 서쪽으로 간다는 말밖에는."

"서쪽이라. 서우화주인가?"

지호는 난감하다는 듯이 볼을 긁적였다.

분명히 그곳은 아직까지 옥황상제의 손길이 뻗쳐 있는 곳. 섣불리 움직이기가 어려웠다.

그래도 천계로 진격을 하려면 삼마백이 모두 필요하다. 아니, 그런 걸 떠나서라도 우사를 옥황상제 같은 녀석의 수중에 있게 할 수가 없었다.

'방법을 생각해 봐야겠어.'

옥황상제도 바보가 아닐 테니 이제 만반의 준비를 갖출 터.

아마도 서우화주에 손을 뻗치는 것부터가 본격적인 천계와의 서전(緖戰)이 될 터였다.

어느덧 신공표도 자취를 감추고 사라져 있었다.

지호는 천천히 걸음을 옮겼다. 하지만 한 걸음을 옮길 때마다 거리가 빠르게 좁혀지면서 어느덧 반고가 있는 곳까지 닿았다.

쿠어어어어어!

들썩. 들썩. 반고는 더더욱 자신을 옥죄는 신진철에 요동쳤다. 지호가 자신을 보고 있다는 사실을 깨닫고 더 큰 분노를 토했다.

"반고."

하지만 나지막한 부름에, 갑자기 반고의 발작이 멈췄다. 대신에 거대한 산자락 같은 눈동자가 데구루루 구르면서 지호를 노려봤다.

크르르르르르!

가래 끓는 소리가 난다. 대기가 들끓는다. 녀석이 투사하는 분노가 지호에게로 쏟아진다.

하지만 지호는 눈 하나 깜빡하지 않았다.

이미 마해가 자신에게 떨어진 이상, 녀석이 어떻게 달아날 방법은 없었으니까.

"나 역시 옥황이나 교주처럼 너를 삼킬 수도 있어."

크르르…….

“하지만 굳이 그러지는 않겠어. 나를 잃고 싶지는 않으니까.”

지호는 반고가 품은 영혼이 자신보다 훨씬 크다는 것을 인정하지 않을 수 없었다. 아마 이런 걸 억지로 삼키려 했다가는 존재만 옅어지리라.

옥황상제나 통천교주가 이런 걸 삼키고도 괜찮을 거라 생각했다는 사실이 도무지 믿기지 않았다.

크르르르르르르.

반고는 지호의 말뜻을 알았는지 몰랐는지 잘게 떨리는 목소리를 내면서 지호를 바라봤다.

지호는 그러거나 말거나 몇 번이고 쇠사슬이 엉킨 데가 없나 확인을 하다가 몸을 반대로 돌렸다.

“그나저나.”

지호는 주변을 쓱 훑다가 검지로 볼을 긁적였다.

“오공은 대체 어디로 간 거야?”

분명 마해 안에 있는 건 분명한데. 이상하게 도무지 느낄 수가 없었다. 자신의 권역 안에 있으니 모를 수가 없는데 말이다.

아니면 또 다른 자신이기에 감응이 되지 않는 걸까?

또 무슨 장난이라도 치려는 것인가 싶어 고개를 절레절

레 흔들다가, 이번엔 다른 기운을 포착했다.

저 너머.

야마의 느낌이 전해졌다.

지호는 그곳으로 몸을 옮겼다.

이윽고 마해에 짙은 어둠이 내려앉았다.

* * *

"음. 갔나?"

탁!

무언가가 마해의 대지에 착지한다.

그러자 주변이 다시 환하게 밝아졌다.

금색 눈과 백색 머리. 짓궂은 미소.

손오공은 뻐근한 어깨를 주먹으로 두들겼다.

"으으. 간만에 힘 좀 썼더니 죽겠네."

그의 몸은 금방이라도 꺼질 듯이 희미해졌다가 다시 밝아지기를 반복했다.

지호는 모르겠지만, 방금 전 그는 황이 되면서 인과율의 일부가 된 상태였다. 덕분에 윤회의 고리에서 완전히 탈피해 손오공이라는 존재는 부정되고 있었다.

더구나 궁기와 싸우면서 상당한 힘까지 소비하고 말았으

니. 아마 이대로만 둔다면 손오공이란 존재는 저절로 사라질 터였다.

"그나저나 애송이, 제법인데? 벌써 그렇게 크기까지 하고. 이젠 나도 어쩌기 힘들겠는데?"

손오공은 진짜 '죽음'을 눈앞에 두고도 담담한 기색이었다. 어차피 저승에 왔을 때부터 윤회의 고리로 떨어질 것은 각오한 뒤였다.

"그래서 말인데."

그러나 손오공은 도중에 생각을 바꿔야 했다.

할 일이 생겨 버렸다.

반고가 손오공을 발견하고 다시 크르르릉, 이를 간다.

"미안하다."

손오공은 지호에게 들리지 않을 사과를 건네고, 반고의 머리맡에다 손을 얹었다.

그 순간,

태태태태태태탱!

반고를 묶고 있던 신진철이 일제히 끊어졌다.

쿠어어어어어!

순식간에 자유를 되찾은 반고. 포효를 내지르면서 일어나려 했다. 마해가 들썩인다. 세상이 요동친다.

손오공은 그 모습을 보다가,

"잘 먹겠습니다."

입을 쩍 벌렸다.

그 속에는, 깊디깊은 또 다른 허무가 있었다.

*　*　*

서우화주.

다른 세상에서는 기적 내지는 신비라고 표현할 수 있는 아주 많은 것들이 당연하다고 펼쳐지는 곳.

끝도 없이 펼쳐지는 바다. 그 위에 하늘을 뚫고 저 머나먼 천공을 대부분 덮다시피 하는 거대한 나무. 드러난 뿌리는 산맥처럼 서로 잔뜩 얽혀 있으며, 바다에 떠다니는 낙엽이나 나뭇가지는 섬이 되어 있었다. 그리고 저 높은 수풀 속에는 인간 외에도 숱하게 많은 이족(異族)과 이형인(異形人)이 저들끼리 살아가고 있을 터였다.

그것은 어찌 보면 아주 오래전에 세상에서 잊히다시피 한 수미산과도 많이 닮아 있었다.

4개의 세상 중에서 대부분이 옛 수미산의 모습을 잃어버리고 새로운 형태로 거듭났다면, 서우화주만큼은 여전히 그때의 푸르름을 간직하고 있었다.

어찌 보면 반만년에 기나긴 세월 동안 별반 달라진 게 없다고 표현해도 되리라.

그만큼 서우화주는 많은 것들이 달랐다.

사흥도 이곳에 도착하는 순간, 이질감을 느꼈다.

"……으음. 역시 익숙지 않은 곳이야."

도올이 볼을 긁적이면서 난감하다는 듯이 웃었다.

텁텁하기 짝이 없는 공기.

이곳에서 살아가는 이들이야 이게 뭐가 텁텁하냐며, 오히려 상쾌하기 그지없다고 말을 할 테지만, 사흥에게는 영 불쾌하기만 했다.

이는 사실 서우화주가 옥황상제에 아주 가깝기 때문이었다.

다른 어느 곳보다 옥황상제의 그림자가 가장 많이 드리웠던 곳.

지금이야 절지천통으로 녀석의 손길이 끊어졌다지만, 그래도 간간이 다른 방식을 통해 손을 쓴 흔적을 발견할 수 있었다.

"그보다."

도철이 영 찝찝하다는 얼굴로 머리를 쓸어 올렸다. 여성인 그녀에게 있어 이런 환경은 영 탐탁지 못했다.

"이제 어떻게 할 거야, 궁기?"

세 사람의 시선이 궁기에게로 쏠렸다.

궁기가 피식 웃었다. 한쪽 입꼬리가 올라간 싸늘한 웃음.

"이미 우리는 모든 걸 잃어버렸다."

"그런데?"

"그렇다면 잃어버린 사람처럼 굴어야지."

"……?"

"무슨 소리를 하는 거야?"

도철은 고개를 갸웃거리고, 혼돈은 이해하지 못하겠다는 듯 인상을 팍 찡그렸다.

유독 도올은 뭔가를 깊게 고민하더니 무겁게 고개를 끄덕였다.

"하긴 그것도 그렇군. 우리에게는 이제 다른 선택지가 없었지."

"아, 그러니까 무슨 말을 하는 거냐고!"

혼돈이 버럭 소리를 질렀다.

어찌 보면 사흉 중에서 려를 가장 많이 따랐던 존재가 그였기에, 판천에서의 추방은 사실 그에게 너무 큰 충격으로 다가온 상태였다. 덕분에 신경이 다른 어느 때보다 날카로웠다.

"천마는 곧 서우화주로 올 것이고, 옥황상제는 조바심을 느껴 어떻게든 모습을 드러내려 할 것이다. 그렇다면 그 경계선을 없애 줘야겠지."

"설마……?"

궁기가 무뚝뚝하게 고개를 끄덕였다.

"절지천통을 없애는 거다. 우리 손으로."

*　　*　　*

지호는 걸음을 내디뎠다.

걸음걸음을 옮길 때마다 세상이 바뀐다.

하나하나를 감상한다.

마해를 건너, 지옥으로.

지옥에서 다시, 극락으로.

극락에서 야마가 있는 곳으로.

저 넓디넓은 곳에서 아래를 내려다보는 것과 이렇게 안쪽에서 밖을 내다보는 것에는 차이가 있었다.

분명 전부 자신이 품은 것들이건만.

왠지 모르게 뭔가 어색하기만 하다.

그러면서 모든 게 익숙하다.

그 모든 것들이 품고 있는 모든 사념이 느껴졌다.

생물, 무생물, 망자, 영혼, 어느 하나 가릴 것 없이, 모든 것이 어떤 의미를 품고 있었다.

겉으로 보기엔 아무런 의미도 없을 것 같은 모래 알갱이조차도 헤아릴 수 없는 세월 동안 땅에서 융기하고, 바람에 깎여 바위가 되고, 파도에 부딪쳐 돌멩이가 되었다가, 어느덧 저승까지 굴러 와 이렇게 작은 입자가 되었다.

지호는 때로 그 일부가 되었다.

자그마한 곳에 녹아들어 그것이 산 세월을 함께했다. 어떨 때는 자신이 지호인지 바위인지 하늘인지 새인지 아니면 그냥 현상인지 헷갈릴 때도 있었다.

하지만 그럴수록 지호는 다시 자신의 모습으로 되돌아왔고,

찰칵. 찰칵.

황으로서 모습도 갖춰 갔다.

옥황상제는 이 세상이 잉태되었을 때부터 줄곧 함께했기 때문에 그 자체가 될 수 있었다. 하지만 지호는 도중에 된 경우였기에 그 기나긴 세월의 격리를 따라잡아야만 했다.

물론 노력한다고 해서 단숨에 차이를 좁힐 수는 없었다.

세상이 아득한 세월 동안 품은 것들은 너무나 방대했으니까.

아무리 지호가 몇 번이고 격의 상승을 이뤘다지만 그 모든 것들을 단번에 수용할 수는 없었다. 그렇기에 그들과 동

화되어 천천히 받아들였다.

분석하려 하지 않았다. 이해하려 하지 않았다.

그저 받아들이기만 했다.

그렇게 몇 번을 거듭하다 보니 얼마나 많은 세월이 흘렀는지 가늠이 잡히지 않을 정도였다.

하지만 덕분에 지호는 많은 것들을 채울 수 있었다.

크기 확장에만 몰두한 나머지 텅 비어 있던 영혼 속을 꽉 채울 수 있었고, 언젠가 다시 한 번 이뤄질 폭발을 위해 내부를 꽉꽉 눌러 담았다.

그래서 마지막으로 야마가 있는 곳에 도착했을 때.

지호는 다시 한 번 격의 상승을 이뤄 내고 있었다. 이미 그는 황으로서도 끝자락에 다다라 원숙한 느낌이 물씬 풍겼다.

"너……?"

야마는 반가운 얼굴들과 같이 있었다.

소호 금천과 이예, 홍해아.

소호 금천은 지호를 보더니 살짝 눈을 크게 뜨다가 눈웃음을 지었다. 눈가에 맺힌 주름이 달라진 지호를 반겨 주는 듯하더니 자세를 낮췄다.

하지만 눈가엔 씁쓸함도 가득했다.

'우리의 주인께서 드디어 달라지셨군. 태양로. 태양로구

나. 려, 자네가 일어났었구먼. 이 못된 친구 같으니. 그렇게 긴 잠에서 깨어났으면 얼굴이나 한 번 보고 가지.'

이예는 이전보다 경건했다. 여태 지호를 주인으로 모시고 있었지만, 그래도 주종 관계보다는 동료에 가까운 느낌이었다. 하지만 지호가 풍기는 위엄에 저절로 고개를 숙였다. 그는 뼛속까지 무인이었다.

'이제 나아갈 때로구나. 드디어. 다시 하늘로 오를 수 있음인가? 새로운 주군. 당신을 영원히 곁에서 모시겠나이다.'

홍해아는 방황하고 있었다. 아버지 우마왕의 뒤를 잇기 위해, 천계에 대한 복수를 하기 위해서 뒤따르긴 했지만, 그래도 여태 그는 마음속에 의문을 품고 있었다.

과연 지호가 아버지의 뒤를 이을 수 있을까, 하는 생각. 자식은 자신일진대 어째서 아버지는 지호에게 모든 것을 내맡긴다고 했던 건지 늘 그것이 고민이었다. 그리고 지호에 대해 관찰하고자 했다.

하지만 이제는 인정하지 않을 수 없었다.

'아아. 아버지. 아버지는 이것까지 보았던 것입니까? 정녕 천마가 우리를 이끌어 줄 그릇이라 보셨던 겁니까?'

그들 외에 다른 사람들도 있었다.

지장.

극락의 주인은 야마와 이야기를 나누는 내내 웃는 모습을 보였지만, 지금은 도무지 그럴 수가 없었다.

'천마…… 정말 이런 존재가 천마라고? 상제의 느낌이 너무 나는데? 대체 뭐지?'

분명 천마를 인정하기는 했었다.

하지만 지장은 그래도 일말의 의구심을 지우지는 않았다. 자신은 오랫동안 저승을 다스려 왔던 지배자이며 천마는 저승으로 건너온 지 얼마 되지 않았기 때문에 이방인이라는 생각을 버리지 않았다.

그런데 이건 뭐란 말인가.

그러다 지장은 지호가 자신을 보면서 웃고 있는 모습을 보고 가슴이 철렁였다. 간담이 서늘했다. 그의 눈동자가 요동쳤다.

'설마? 내 마음을 읽고 있다고?'

그 순간에야 지장은 굴복하고 말았다. 더 이상 자신이 버틸 재간은 없었다. 지호를 거스를 수가 없었다.

고개를 숙인다. 대신에 자세를 낮추지는 않는다. 주종 관계는 아니었기에 이것이 자신이 할 수 있는 최고의 존경이었다.

"주군! 왜 이런……?"

뒤에 있던 도명이 지장을 뜯어말렸지만, 지장은 씁쓸하

게 웃으면서 고개를 가로저었다.

"도명아."

"예…… 주군."

"내가 예전에 했던 말, 기억해?"

"하셨던 말씀이라면?"

"이제는 내려와서 세상을 떠돌고 싶다고 했던 것."

"……기억합니다만. 그것은 갑자기 왜?"

"어쩌면 그것이 지금일지도 모르겠구나."

"어, 어째서 지금 이런 자리에서 그런 말씀을……!"

도명은 안절부절못했다.

하지만 변함없는 지장의 태도를 보고서야 깨달았다. 아, 이제 모든 게 끝났구나.

통천교주와 명부시왕을 물리치고 나면 다시 저승의 한 귀퉁이에 앉을 수 있을 거라 생각했건만. 당연히 자신들의 것이라 여겼던 것들이 사실은 이제 더 이상 자신들의 것이 아니었다.

"이제 어떻게 할 것이오, 천마?"

"글쎄."

"당신은 저승과 마해를 더 이상 신의 손에 맡길 생각이 없소. 아니 그렇소?"

"그렇다면?"

"그렇다면 다시 재고해 주시오. 아직 이 세상은 많은 것들이 불안한……."

"그럴 일 없어."

"무슨……!"

"너희들의 그딴 선민사상 이제 지겹다고."

지호는 피식 웃었다.

"그러니까 결정만 해. 따를 거야, 말 거야?"

"……."

지장은 그것이 최후의 통첩이란 사실을 깨달았다.

"……당신을 존경하지만, 난 아직 많은 영혼들에 있어 그들을 구도하기 위해선 신의 손길이 필요하다고 믿소."

"그럼 어쩔 수 없지."

지호는 허공에다 가볍게 손을 털었다.

화아아악!

지장과 도명이 흐르는 바람결에 씻겨 사라졌다.

소호 금천과 이예는 놀란 눈빛으로 고개를 들었다. 더 이상 그들의 기운이 느껴지지 않았다.

저승에서도. 지호의 영혼 안쪽에서도.

그리고 그제야 깨달았다.

지호가 그들에게 방출을 선언했다는 사실을.

정말 지호는 공언했던 대로 더 이상 신이라는 존재를 용납하지 않으려는 듯했다. 있더라도 그저 단순한 현상으로만 존재하는 이데아의 톱니바퀴에 불과한 것으로 전락시키려 했다.

아마 종국에는 그 자신이 이 세상 그 자체가 되려 할 터였다. 이미 빛이라는 신위는 하나의 세상을 품고 있기에, 그것을 차원 자체에 덮으려는 것이다.

'그때에는…… 지호라는 존재가 있어도 없는 것과 다르지 않을 터인데. 정말이지 모든 걸 품고 가려 하는구나. 정말이지…… 려와 다를 게 없어.'

지호는 소호 금천의 씁쓸한 감정을 읽었지만 굳이 대답하지는 않았다.

그저 담담하게 웃어만 줄 뿐.

그때 야마가 지호에게 와락 안겼다. 소호 금천과 같은 생각에 미친 그녀는 왜 지호에게 그런 선택을 하는 것이냐는 질문을 던지고 싶어 했다.

하지만 지호는 그녀를 담담하게 안으면서 작게 중얼거렸다.

"달라지는 건 없어. 그때나, 지금이나. 그러니까 너무 걱정하지 마."

일순, 야마의 몸이 뻣뻣하게 굳었다. 그러다 천천히 몸을 떼면서 흔들리는 눈동자로 물었다.

"알고…… 있었…… 어?"

"려가 말해 주더라."

지호가 씁쓸하게 웃으며 말을 이었다.

"네가 자신의 첫사랑이었다고. 그러니 부디 이번에는 행복하게 해 달라고."

"……!"

통천교주의 기억 속에 존재하는 여인, 신녀.

그녀의 모습이 야마와 겹쳐 보였다.

59장

반고

"당신의 정체는, 뭡니까?"

려와 하나가 되기 전.

지호는 그에게 그런 질문을 던졌다.

려는 그럴 줄 알았다는 듯, 화사하게 웃었다.

"려라는 이름은 형제들이, 효마라는 칭호는 당신에게 붙여 준 이름이라고 알고 있습니다."

"맞아."

려는 고개를 끄덕이며 물었다.

"대충 눈치채지 않았어?"

"……역시 맞나 보군요. 사실 암시는 너무나 많았으니까요."

지호는 여전히 웃기만 하는 려를 보며 두 눈을 가만히 좁혔다.

"판천. 탁록 전투. 삼마백이라 불리는 삼사(三師). 동두철액. 수 갈래로 나뉜 영혼. 일흔두 명의 형제들."

목소리에 힘이 실렸다.

"치우."

"……."

"저 옛날, 아주 머나먼 옛날에 염제 신농의 후예로서 일흔두 명의 형제들과 함께 봉기해, 탁록에서 황제 헌원과 전쟁을 벌였던 치우. 맞습니까?"

려는 대답하지 않았다.

하지만 지호는 그것이 무언의 긍정이라는 사실을 깨달을 수 있었다.

사기(史記)의 첫 권, 오제본기에는 인류 최초의 전사(戰史)가 기록되어 있다.

바로 탁록 전쟁이라는 전사가.

그것은 머나먼 수미산 때의 이야기.

동북쪽. 수미산의 젖줄이라 할 수 있는 황하가 바다에 인접하는 동북쪽 평야에, 정체를 알 수 없는 아홉 개의 부족이 내려와 기틀을 잡았다.

이유는 몰라도 그곳은 판천이라는 이름을 갖고 있었으며, 수미산의 각 국에서 도망친 도망자들이 주로 몸을 숨기던 곳이기도 했다.

사람들은 이렇다 할 특징이 없는 그곳을 '구려(九黎)' 라 이름을 짓고, 그곳 근처로 얼씬도 하지 않았다.

특히 이미 황하 중상류 일대에 기틀을 잡고서 수미산의 패권을 쥐고 있던 화하(華夏) 지방의 사람들은 그들을 동쪽에 위치한 무뢰배 일족으로만 치부했으니.

흔히 그들을 '동이(東夷, 동쪽 오랑캐)' 라 하며 멸시했다.

한편, 화하 지방에는 천 년을 넘는 기나긴 세월 동안 열산이라는 나라가 있어 아주 커다란 성세를 구가하고 있었다.

수미산을 다스릴 수 있는 황의 권한을 가진 곳.

특히 당대 왕이었던 염제 신농은 복희와 수인에 이어서 삼황이라 불릴 정도였으니, 그것만 하더라도 수미산의 수많은 열국들이 그들을 맹주로 모셨다.

그런 염제 신농에게는 동생이 딱 한 명 있었다.

그 역시 형처럼 능력이 뛰어나고 야망도 투철했던 터라, 그는 늘 가슴속에 불만을 품고 있었다. 자신 역시 가진 그릇이 작지 않은데 자꾸만 형의 그림자에 가려지는 것이 못

마땅하기만 했다.

결국 아우는 자신을 따르는 가신들을 데리고 열산을 벗어나 서쪽으로 향해 '희수(姬水)' 라는 강에 도착했다.

그가 보니 희수 지역은 북쪽으로는 탁 트인 초원이 펼쳐져 있고, 아래로는 강이 풍부하게 흐르며 주변은 산지로 둘러싸여 있어 나라를 세우기에 딱 알맞았다.

그렇기에 그는 강의 이름을 본떠 자신의 성을 '희' 라고 짓고, 여기다 나라를 세우게 되니, 이것이 바로 훗날 수미산을 일통하게 되는 유웅이었다.

희는 이때부터 자신의 야망을 절대 숨기지 않았다.

인근에서 가장 큰 세를 형성하고 있던 누조와 혼인해 이들을 세력 하에 두고, 병력을 일으키면서 사방팔방으로 영역을 뻗쳤다.

이 과정에서 수많은 나라들이 몰락했다.

서쪽 초원에 위치한 진운.

북쪽 거친 산을 누비던 우산.

서남쪽의 깊숙한 골짜기에 터를 잡은 탕곡.

그리고 아래쪽 장강을 따라 몇 번이고 화하 일대를 위협하곤 했던 삼묘까지.

훗날, 사흉이라 불리게 되는 이들의 왕은 희를 피해 달아나다가 아무도 찾지 않는 동쪽 대지, 판천으로 흘러 들어가게 되었다.

이렇듯 유웅이 자꾸만 커지게 되자, 염제 신농의 열산과 유웅의 세력은 끝내 충돌하게 되었다.

열산은 어떻게든 유웅을 눌러 보고자 했으나, 끝내 유웅의 기세를 극복해 내지 못했으니.

유웅의 왕, 희는 이때부터 스스로를 '황제(黃帝)'라 호칭하고 헌원이라는 이름을 되찾게 되었다.

황제 헌원.

수미산을 정복하기 위한 그의 야욕은 도무지 끝날 줄을 몰랐으니.

어쩌면 그들이 동북쪽에서 자신들과 비슷하게 성장세를 이루고 있던 구려―판천을 묘한 눈길로 바라보는 것도 이상한 일은 아니었을 터였다.

"려니, 희니, 하는 것은 이름이면서도 서로를 가리키는 일종의 별명이었어. 나는 구려를 이끌었고, 희는 희수에 정박했으니까."

당시에 터전을 상징하는 것을 성씨나 이름으로 삼는 것이 당연했던 걸 떠올려 보면, 절대 이상한 일은 아니었다.

"아니, 정확하게 따지자면 헌원에게 희라는 이름을 붙여준 건 나였고, 나에게 려라는 이름을 붙여 준 건 녀석이었다. 그만큼 가까웠지.”

“두 분은 어떻게 만나게 되신 겁니까?”

“젊은 시절의 이야기야.”

려는 고개를 슬쩍 돌리며 애틋한 시선을 던졌다. 촉촉하게 젖은 눈가가 과거를 그렸다.

“아직 판천이나 유웅이 만들어지기 전. 염제 신농이 구려를 방문한 적이 있었다. 아직 나라의 기틀은커녕 연맹체에 불과했던 우리가 기승을 부릴 수 없게 감시를 하기 위해서 온 것이었지. 그때 나와 희가 만났다.”

입가에 씁쓸함이 담긴다.

“서로가 정말이지 죽이 잘 맞는 사이였어, 우린. 딱 처음 보는 순간 깨달았지. 아, 이놈은 절대 가만히 있을 놈이 아니구나, 하고.”

툭. 툭.

손가락으로 탁상을 두들기며 말을 잇는다.

“그래서 그때부터 늘 같이 붙어 다녔다. 언제나 사고를 치고 다녔지. 그러다 보니 주변에는 친구가 하나둘씩 잘도 늘었어. 설이나 중, 해를 만난 것도 그때고.”

설.

지호는 그것이 소호 금천의 이름이라는 걸 알 수 있었다. ‘중’이나 ‘해’가 누군지는 알 수 없지만 어디에 있는지는 알 것 같았다.

'허신들.'

지금 멀리서 자신들을 지켜보고 있는 이 수많은 시선들. 려가 희와 어울리면서 만났던 벗들이다.

"하지만 마음이 맞는 것과 다르게 우리는 금세 헤어져야만 했다."

"왜 그래야 했나요?"

"뜻이 달랐으니까."

"뜻?"

"그래."

려는 차로 목을 축였다.

상상으로 만들어 낸 이미지에 불과하지만, 그걸로도 마른 갈증을 채우기엔 충분했다.

"나나 희의 공통점이 있다면 싸우는 걸 아주 좋아했다는 점이야. 서로가 전신(戰神)이라 불렸으니까. 하지만 싸우는 이유는 비슷하면서도 각자 달랐어."

"어떻게요?"

"당시 수미산의 정국은 너무 혼란스럽기만 했어. 염제 신농이 있었다지만, 아직 여와의 창세는 끝나지 않았고, 수미산의 분기는 가까워만졌으니까. 그러니 백팔 명의 왕들이 어떻게 하겠어?"

"……싸웠겠군요."

"맞아. 아주 시끄럽게 싸웠지. 나나 희는 그걸 보기가 싫었던 거고. 말이야 수미산을 안정화되게 하기 위해서라고 번지르르 말하지만, 결국에 고통받는 건 평범한 사람들이었으니."

그런 평화를 가져오기 위한 것이 바로 압도적인 무력.

"그런데 나는 그걸 뜻이 맞는 이들과 함께 뭉쳐서 평정하자는 형태였고. 희는 하나의 정치 체계 아래에 모든 걸 복속시키자는 형태였지."

지호는 그제야 알 것 같았다.

려에게 왜 그토록 많은 형제들이 있었는지를.

모두가 뜻을 함께한 동맹군이었던 것이다.

반면에 희는 홀로 서서 지배하고자 했다.

"서로가 추구하는 바가 있었기에 갈라졌지. 희는 서쪽에서 부흥하고, 나는 동쪽에서 세를 키웠어. 그러다…… 네가 아는 방향 그대로 흘러가게 되었다."

"……."

지호는 듣고 있는 내내 정신이 없었다.

'동에서는 려, 서에서는 희. 염제 신농은 태양로와 홀을 빼앗긴 채 찢기고 말았고…… 수미산은 그렇게 희가 주인이 되었던 거구나.'

참으로 얄궂은 운명이 아닌가.

같은 이유로 일어났지만, 결국 서로를 죽여야만 했던 친구들의 사이.

비극도 이런 비극이 있을 수 있을까.

하지만 지호는 한 가지가 더 궁금했다.

"그럼 희가 배신을 하고 당신을 가뒀을 때. 판천이 한 번 무너진 적이 있지 않았습니까?"

려의 얼굴이 딱딱하게 굳었다.

"그…… 랬지."

"그때 당신을 구한 사람은 누굽니까?"

려는 질끈 눈을 감았다가 다시 떴다.

어느덧 그의 존재는 흐려져 가고 있었다. 슬픔과 애틋함이 눈망울을 가득 메웠다.

"바로 네 옆에 있는 사람."

*　　*　　*

"야마."

지호는 야마의 이름을 부르면서 그녀의 얼굴을 손으로 쓰다듬었다.

손가락을 따라 느껴진다.

피부. 온기. 그리고 눈물이.

뚝. 뚝.

야마의 눈가를 타고 눈물이 흘러내렸다.

"왜…… 말하지 않았어?"

야마라는 이름의 본래 뜻은 '처음으로 온 사람'.

그건 아마도 처음 '제 발'로 '저승에 걸어 들어왔기' 때문이 아닐까?

그리고 여와는 그녀로 하여금 저승을 만들게 하여 죽은 망자들을 이끌도록 했다.

이제 지호도 려의 기억을 온전히 흡수했기 때문에 려와 그녀 사이에 있었던 일들을 선명하게 기억할 수 있었다. 깊디깊은 유웅의 지하 감옥에 있을 때 찾아왔던 여인.

"날…… 기억하고 있었어?"

지호는 말없이 고개를 끄덕였다.

야마는 그의 가슴팍에 얼굴을 묻었다.

오랜 세월을 건너고 또 건너.

인과율은, 두 사람을 다시 이 자리에서 만날 수 있도록 도와주었다.

시간은 빠른 속도로 흘렀다.

마신의 위협으로부터 저승을 구했다지만, 아직까지 정상

화되려면 많은 시간을 필요로 했던 것이다.

하지만 지호는 그런 시간을 허투루 보내지 않았다.

야마와 소호 금천 등이 저승 복구에 한창 심혈을 기울이는 동안, 자신은 세상에 동화되어 서우화주나 북구로주로 나아갈 수 있는 방법을 모색했다.

'역시 서우화주밖엔 없겠어.'

듣자 하니 우사가 그곳에 머물고 있다 하지 않는가.

그렇다면 우사를 빨리 찾는 게 정답일 듯싶었다.

문제는,

'위치를 특정할 수가 없다는 점인데.'

위치 파악만 된다면 바로 움직일 수 있을 텐데.

그게 쉽지가 않았다.

서우화주는 옥황상제의 손길이 너무 많이 닿아 있는 곳.

섣불리 공략을 시도해서는 전세만 역전당할 수 있었다.

'내 영혼의 파편인데 내가 못 찾는다니. 뭔 이런 경우가…….'

이미 완전한 영혼을 이룬 까닭에, 려의 파편이라 하여도 과거의 잔재일 뿐 더 이상 자신의 것이라 할 수 없었지만 그래도 답답한 건 매한가지였다.

"수가 있을 텐데, 분명."

하지만 지호의 고민은 오래가지 않았다.

갑자기 생각했던 것보다 일이 틀어지기 시작했기 때문이었다.

* * *

"뭐지?"

그날도 지호는 우사의 위치를 특정하기 위해서 천리안으로 서우화주를 몇 번이나 훑어보고 있던 와중이었다.

세계수를 닮은, 거대한 신목(神木)이 세워진 세상.

이제는 신목만이 아니라, 그곳에서 사는 생명들과 일일이 접촉을 해 보면서 정보를 받아들이던 와중에 갑자기 하늘이 요동하기 시작했다.

무슨 일인가 싶어 시선을 위로 들었을 때.

지호는 크게 놀라고 말았다.

저 하늘 위.

시커먼 허무가 열리면서 하늘이 찢어지고 있었다.

절지천통이…… 끊어지고 있었다.

지호는 위기감을 느꼈다.

절지천통은 자신이 세워 놓은 것.

그런 게 사라진다면 절대 모를 리가 없는데?

'누구지? 사흉? 하지만 그들 정도로 절지천통을 해제한

다고? 무슨 수로?'

사흉은 지호보다 격이 떨어진다. 한때 려와도 비등하게 겨뤘던 궁기가 있지만, 힘과 격에는 차이가 있을 수 밖에 없으니 그로서도 해낼 수가 없다.

새로운 려의 파편이라도 찾았나, 아니면 우사를 그들이 먼저 발견한 것인가 싶어도, 그것만으로는 절대 해제할 수가 없었다.

그만큼 자신과 손오공이 세운 절지천통은 쉽게 풀릴 수 있는 게 아니었다.

아주 단단하고, 높았다.

옥황상제?

녀석이 그동안 절지천통을 해제하려 많은 수작을 부리긴 했다지만, 지금 당장은 할 수 있는 게 없었다.

안에서가 아닌 밖에서 걸어 잠근 것이니까.

녀석이 해제를 하려면 더 많은 시간을 필요로 한다.

그렇다면 남은 사람은 하나일 텐데.

절지천통을 세운 다른 사람.

손오공이라도 아니고서야…….

'오공?'

지호는 퍼뜩 그런 생각이 들었지만.

'아냐. 오공도 아냐.'

여태 아무리 찾아봐도 흔적조차 찾을 수 없는 손오공이라면 가능할지도 모른다.

하지만 그토록 절지천통을 바랐던 것은 자신보다도 손오공이 더 심했다.

게다가 손오공에게는 미안한 말이지만, 이미 자신이 쌓은 것이 손오공보다도 훨씬 컸다. 전성기 때의 그가 되돌아온다 하더라도, 이제는 자신과 비교할 수 있는 정도가 아니었다.

그러다 보니 손오공이 뭔가를 저지른다면 먼저 영혼이 감응했을 것이다. 사실 이미 지호는 손오공이 말없이 윤회의 고리 속으로 걸어 들어갔을 거라 생각했다.

아니, 걸어 들어갔을 것이다.

영혼은 그렇게 '느끼고' 있었다.

그렇다면.

'대체 누구인 거지?'

의문이 꼬리에 꼬리를 물지만.

쏴아아아!

생각은 오래가지 않았다.

허무가 점차 넓어지면서 위에서부터 아래로 새로운 기운이 촉수처럼 내려오려는 것이다.

황의 기운.

옥황상제였다.

녀석으로서는 이게 웬 떡이냐 싶었겠지.

'누구 맘대로!'

지호는 의지를 더더욱 불어 넣으면서.

쿠쿠쿠쿠쿠쿵.

녀석의 기운과 충돌했다.

서우화주가 잘게 떨렸다.

지호는 놈의 기운을 천계 안으로 밀어 넣고, 아예 천계 쪽으로 자신의 힘을 밀어 넣을 속셈으로 전력을 다해 부딪쳤다.

그때,

스스스.

하늘을 감싸던 허무가 거짓말처럼 사그라졌다. 옥황상제의 기운이 단절되어 허무하게 흩어지고, 지호 역시 천계에 힘을 밀어 넣기도 전에 멈춰야 했다.

그리고 다시 절지천통이 이뤄졌다.

'뭐지?'

전혀 이해할 수 없는 현상.

지호는 영혼의 눈으로 몇 번이고 하늘을 응시했다.

*　　*　　*

야마는 여러 생각이 들었다.

'난…….'

이제 지호는 자신을 알고 있었다.

그렇기에 감사했다.

그가 다시 자신을 찾아 준 것을. 그와 마음을 나눌 수 있었던 것을.

하지만 그녀는 알았다.

이것이 새로운 시련이란 것을.

'여와.'

나의 어머니시여.

'당신은…… 정말이지 너무하십니다.'

너무하고, 너무하고, 또 너무했다.

과거.

려가 희의 배신으로 잡혀가던 날.

그의 목에 칼이 차이고, 손에는 수갑이, 발에는 족쇄가 걸리던 날. 신진철이 그를 단단히 옭아매어 피가 떨어지던 날.

그 위로…… 단풍나무가 피어나던 날.

야마는 온통 잿빛과 붉은빛으로 물들어 버린 세상에서 홀로 무릎을 꿇고 앉아 기도하고 또 기도했다.

자신은 신녀. 어머니 여와를 모시는 몸종.
그녀에게 빌었다.

"당신이 원하시는 대로 저를 데려가 주십시오. 당신께서 바라셨듯이, 저를 가져가되, 그이를 구할 힘을 주십시오. 이것이 저의 마지막 바람입니다. 그 이상은 바라지 않겠습니다."

그리고 그날.
야마는 바라던 힘을 손에 넣을 수 있었다.
하지만 그것은 마치 촛불이 마지막 불꽃을 태우기 전에 빛나는 일시적인 것에 지나지 않았다.
그렇기에 마지막 불꽃을 태우기 전에 동두철액을 머리에 썼다. 려가 들고 다니던 흑색 갑주를 착용하고, 그의 손길이 느껴지던 효마검을 들었다.
그리고…….
툭!
야마의 생각은 거기서 끊어졌다.
'꿈이라도 꾸었나?'
머리가 아팠다.
야마는 침상에서 벗어나 근처 탁상까지 천천히 걸었다.

얇은 나삼(羅衫)이 살갗에 부드럽게 쓸린다. 덕분에 그녀의 길쭉하고 호리호리한 몸매가 언뜻 드러났지만 크게 신경 쓰지 않았다.

탁상에 놓인 차가운 물을 한 잔 들이켜고 나니 그제야 머리가 한결 개운해지는 것 같았다.

'또 이 꿈이었어.'

주변이 온통 붉은색 단풍나무로 물드는 꿈.

여와에게 간절히 바라고 바라던 일을 풀어낼 수 있었으나, 그 뒤에 자신은 소원을 이룬 대가로 이 저승에 와야만 했다.

"어머니. 제가 바랐던 것은 이게 아니었잖습니까! 어머니! 제발! 그를…… 보고 싶습니다. 전, 그를 잊을 수가 없어요! 제발! 제발……!"

다시금 악몽이 짙어진다.

야마는 손으로 관자놀이를 꾹 눌렀다.

'이미 끝난 일이야.'

두통이 영 가시질 않았다.

'이미 끝난 일…… 그리고 난 이미 그를 다시 만났어.'

그렇다고 해서 야마는 자신의 이름이 가지는 의미를 잊

지는 않았다.

처음으로 온 사람.

그 이름이 주는 무게는 아주 무거웠다.

야마는 머리를 털며 주변을 둘러봤다.

밤새 그와 함께 누웠던 침대. 그와 덮었던 이불. 그와 앉았던 탁상. 그와 함께 썼던 찻잔. 벽 하나하나가, 장식 하나하나가, 곳곳에서, 그의 향기를, 그의 체온을, 그의 웃음을 느낄 수 있었다.

지난 기나긴 세월 동안 간절히 바랐던 모든 것들이 이뤄졌다.

더 이상은 놓치고 싶지 않았다.

지난번처럼 허무하게 놓치고 싶지 않았다.

'절대로.'

야마는 몇 번이고 마음을 다잡으면서 찻잔을 탁상에다 내려놓았다.

아직 저승에는 자신이 할 일이 많았다.

수족을 대신하던 명부시왕이나 지장이 모두 사라진 이상, 많은 일을 전담해야 했기 때문에 체재가 완전히 확립될 때까지는 바쁜 나날을 보내야 할 것 같았다.

그렇게 옷을 갈아입으려 몸을 돌리는데.

그 순간,

화아악!

갑자기 야마를 둘러싼 세상이 바뀌었다.

조금 낯선 세상.

그녀는 좁은 복도 한가운데에 있었다. 벽을 따라 여러 사진과 액자가 붙어 있고, 이상한 현수막 같은 게 걸려 있었다.

고개를 돌려 보니 창밖으로 회색빛 도시가 보였다.

갖가지 이기와 문명으로 가득한 세상.

'남섬부주.'

야마는 이곳이 지호가 태어나고 건너온 세상이란 걸 알 수 있었다.

그런데 여기가 왜?

야마는 이상한 기분이 들어 천천히 걸음을 옮겼다.

저승의 왕인 자신이 이승에 떨어지면 모든 법칙이 헝클어질 텐데. 왜 갑자기 이런 일이 벌어진 거지? 지호가 데려온 건가?

여러 생각을 안고 복도를 거닐었지만, 이상하게 다른 사람은 아무도 찾을 수가 없었다.

창밖을 내려다 봐도 아래에는 정말 아무도 찾아볼 수가 없었다. 자동차라는 것도, 비행기라는 것도 없었으며, 건너편 건물이며 사람들이 많이 다녀야 할 사거리에도 인기척

하나 느낄 수 없었다.

마치 이 세상에서 사람만을 쏙 빼어다 사라지게 한 것만 같았다.

그때 야마의 걸음이 살짝 멈췄다.

복도 저기 끝. 살짝 열린 방문 너머로 빛이 조금 새어 나오고 있었다.

이상하게 다른 방에도 불은 켜져 있는데 유독 저곳만 눈에 들어왔다.

꼭 가야 할 것 같은 이끌림.

야마는 천천히 다가가 조심스레 방문을 열었다.

그곳에는 사람이 있었다.

휘둥그레진 눈을 한, 예쁘게 생긴 한 여인이.

그리고 본능적으로 깨달았다.

이 아이는 자신과 너무나 가깝게 연결되어 있다는 것을.

* * *

'이제 돌아오지 않으시겠지?'

지호가 어디론가 훌쩍 떠났을 무렵.

서은영은 웃으면서 잘 다녀오라고 손을 흔들어 줬지만, 본능적으로 그렇게 생각했다.

아아, 정말 갔구나.

이제는 정말 다시는 볼 수 없겠구나, 하고

지호가 평범한 사람이 아니란 건 일찌감치 눈치채고 있었기 때문에 또 이런 일이 벌어지리란 것쯤은 예상하고 있었지만, 지금처럼 이만큼 큰 불길함을 느낀 적은 한 번도 없었다.

가슴이 먹먹했다. 이대로는 정말 찢어질 것만 같았다.

하지만 그녀는 웃으면서 지호를 보내 줬다.

그것이 자신이 할 수 있는 최선이었다.

'그 사람은, 어떤 사람이었을까?'

그러면서 한편으로는 그런 궁금증도 들었다.

과연 지호가 마음을 줬던 사람은 어떤 사람이었을까, 하고 말이다.

질투가 없다고 하면 거짓말이겠지만, 그래도 실체가 없는 사람을 미워할 만큼 자신이 모진 것은 아니었다. 그저 정말 궁금했을 따름이었다.

그렇게 갑갑한 마음을 꾹 누른 채 일어서려 했다.

곧 사람들이 지호를 찾을 것이니 뭐라고 둘러댈까, 잠깐 고민에 잠기는데,

화아악!

자신을 둘러싼 세상이 바뀌었다.

'또 이거야?'

서은영은 아랫입술을 질끈 깨물었다.

3년 전에 하늘에 맺힌 이상한 잔상을 본 이래로.

이따금 한 번씩 이런 경우가 있었다.

다른 세상이 보였다.

한 군데만 보이는 게 아니었다.

옛 중국 복식 같은 옷을 입은 사람들이 돌아다니는 세상도 보이고, 이상한 나무에 기대어 사람들이 살아가는 세상도 보였다. 하늘이 붉은 세상도 있었으며, 지구가 발아래 넓게 펼쳐지는 우주 공간도 나타났다.

그러다 간혹 가다 치열한 전쟁을 보기도 했다.

전쟁터에는 시커먼 투구를 써서 남자인지 여자인지 알 수 없는 모습을 한 사람도 있었다.

그를 중심으로 언덕을 따라 수백 수천 개의 검으로 이뤄진 무덤이 나타나고, 곳곳에서 탄내와 철 냄새가 코를 찔러댔다. 피가 뿌려진 자리에는 이상하게 단풍나무가 자라 울긋불긋 물들었다.

그 사람은 몸에는 피를 흠뻑 뒤집어써 붉은 건지 까만 건지 알 수 없는 갑옷을 입고서 오열을 터뜨렸다.

아니, 그건 오열인지 포효인지 도무지 알 수 없었다.

그저 하늘을 바라보다 한탄을 터뜨리다, 투구 바깥으로

한 줄기 눈물이 흘러나왔다. 그 모습을 보고 있노라면, 서은영은 이유를 알 수 없게 가슴이 먹먹해졌다.

어쩌면 이건 단순한 백일몽이나, 현기증으로 인한 환각일 수도 있었다. 하지만 백일몽 속에서 보이는 이야기는 언제나 늘 한결같았다.

그때 그 사람이 뭔가를 바닥에 조심스레 내려놓으면서 자리에서 일어났다. 뭔가를 다짐한 듯이 하늘을 보며 뭐라고 소리를 질러 댔지만, 뜻을 알 수가 없어 알아듣질 못했다.

하지만 서은영의 시선을 잡아끄는 것은 다른 것이었다.

그 사람이 조심스레 내려놓은 것은 사람.

곤히 눈을 감고 있으며, 입가에 미소를 띠고 있는 여인. 그녀 역시 저 사람과 마찬가지로 치열한 전투를 벌였던 건지, 똑같이 입은 흑색 갑옷 곳곳에 상처가 가득하고, 검과 창, 화살 따위가 무수히 많이 꽂혀 있었다. 한 손에 쥔 칠흑색 검은 도무지 놓지를 않았다.

죽기 직전까지 고통스러웠을 텐데도 그녀는 웃고 있었다.

마치 이 사람의 품에 안겨서 눈을 감을 수 있어 좋았다는 듯.

당신을 위해 이렇게 누울 수 있어 감사하다는 듯.

그런 연인을 보내야만 했던 사내가 오열을 터뜨리는 것도 어찌 보면 당연한 일이었다.

서은영은 한없이 그 장면을 바라봤다.

몇 번이고, 정말 몇 번이고 똑같이 반복해서 봐야 했던 장면.

그리고 그때마다 느꼈던 감정은,

'슬퍼.'

그리고

'익숙해.'

마치 자신이 직접 경험했던 것처럼. 데자뷰가 너무 강하게 느껴졌다.

그렇게 계속 이어질 것 같던 백일몽이 끝났다.

서은영은 현기증으로 잠깐 비틀거리다, 다시 현실로 돌아왔다는 사실을 깨닫고 주변을 둘러봤다. 지호가 떠났던 방. 그 자리 그대로였다.

"아무도…… 없어?"

그런데 이상하게 인기척이 느껴지질 않았다. 한창 시끄러워야 할 사무실이건만. 뭔가 이상해서 자리에서 일어나려는데, 갑자기 방문이 활짝 열렸다.

다행히 사람이 있었구나.

서은영은 반가운 마음에 그런 생각을 하고 그쪽으로 시

선을 돌렸다가, 흠칫 굳어 버리고 말았다. 그리고 그건 문을 열고 들어온 사람도 마찬가지였다.

서로가 서로를 바라봤다. 눈이 마주쳤다.

서은영과 야마.

두 사람이 그렇게 만났다.

*　　*　　*

"……."

"……."

두 사람 사이에는 한동안 대화가 없었다.

그저 서로를 바라보기만 한다.

하지만 그걸로도 충분했다.

무언의 대화를 나누기에는.

난생처음 보는 사이지만, 서로는 서로가 어떤 의미인지를 본능적으로 '알게' 되었다.

하지만 그건 쉽게 말로 표현할 수 있는 게 아니었다.

영혼의 공명(共鳴).

그렇다고 말할 수밖에는.

먼저 침묵을 깬 것은 서은영이었다.

꾹 다문 입술을 살짝 열며 물었다.

"당신은…… 누구신가요?"

여러 가지 의미가 내포되어 있다.

하지만 지혜로는 신들 중에서도 손꼽힌다는 야마도 여기에 섣불리 대답할 수가 없었다. 말문이 턱 막혔다. 나는 누구지? 이 아이의 눈에는 어떻게 규명될까?

야마는 뭐라고 표현해야 할지 몰라 잠시 머뭇거리다 오랜 고민 끝에 원론적인 대답만 했다.

"나는 야마."

"야…… 마?"

"인간의 생과 사를 주관하는 저승의 왕. 염라니라."

"……!"

처음 마주친 신적인 존재.

서은영의 눈이 커졌다.

"그리고, 그대와 모종의 이유로 이어진 존재이기도 하다."

"모종의 이유라면……?"

야마는 고개를 가로저었다.

"서로가 서로를 알고자 하는 것이라면, 서로가 동등하게 질문을 주고받는 것이 맞지 않겠는가? 이제는 내가 물을 차례니라."

"죄송…… 어?"

서은영은 자신이 결례를 저질렀다는 사실을 깨닫고 고개를 숙였다. 아니, 숙이려 하는데, 갑자기 보이지 않는 힘이 그녀를 붙잡았다.

"그대는 위대한 영혼을 품은 그릇. 위대한 의지를 타고난 자. 절대 함부로 사과를 해서도, 품위를 잃어서도 안 되는 존재니라. 사과는 되었다."

"……."

서은영은 여전히 어안이 벙벙했다.

야마가 물었다.

"묻겠다. 그대는 누군가?"

"서…… 은영이라 해요."

"서은영이라."

여태 무뚝뚝하던 야마의 입가에 살짝 미소가 번졌다.

"예쁜 이름이로군."

"가, 감사해요."

야마의 미소가 더 커졌다.

"그냥 인사치레다."

"……."

순간, 서은영의 한쪽 눈썹이 꿈틀거렸다. 예전 같았으면 확 부딪쳤을 텐데. 화를 꾹 눌렀다.

야마는 그런 서은영의 모습이 너무 잘 보여 귀여웠다. 어색했던 공기가 조금 풀리는 느낌이었다. 물론 그녀 혼자만의 착각이었지만.

"선배는, 잘 계신가요?"

야마는 그녀가 말한 '선배'가 지호란 사실을 알 수 있었다.

고개를 끄덕였다.

"잘 있다."

서은영은 안도에 찬 한숨을 내쉬었다.

"다행이다."

두 사람은 말을 하지 않아도 자신들을 엮는 고리가 지호라는 사실을 알 수 있었다.

서은영은 지난 3년 동안 언제나 지호가 그리던 사람이 야마라는 사실을 깨달았고, 야마는 지호와 서은영 사이에 연결된 인연의 실을 엿보았다.

"그대는, 지호를 많이 좋아하나 보군."

"예."

"당신은 그렇지 않나요?"

"좋아하지."

"그리고 선배도 당신을 좋아하죠."

서은영의 입가에 씁쓸한 미소가 번졌다.

야마는 그 모습을 빤히 쳐다보다가 물었다.

"왜? 졌다, 그렇게라도 생각하는 건가?"

"그럼…… 아닌가요?"

"글쎄. 꼭 그렇게 말할 수 있을까?"

"무슨……?"

야마는 서은영의 말투에서 확신을 가졌다.

아 아이, 자신이 느낄 수 있는 것보다 아직 느끼는 것이 적구나.

"그것이 걱정이라면, 너무 걱정하지 않아도 된다."

"……?"

"오늘, 난 새로운 답을 얻었으니까."

야마의 미소가 짙어졌다.

"그대에게는 머리 아픈 새로운 질문이 되겠지만."

서은영은 말뜻을 이해할 수가 없어 가까이 다가서려 한 발자국을 옮겼다.

그 순간, 대기가 미약하게 떨렸다.

쿠쿠쿠쿠쿠.

건물이 금방이라도 무너질 것 같다. 두 사람을 둘러싼 세상이 마치 노이즈가 낀 TV 화면처럼 마구 흔들린다.

"이런. 벌써 끝날 시간인가 보군. 하긴 이렇게 마주칠 수 있다는 것 자체가 신기한 일일 테니. 지호가 아니었다면 이조차 힘들었을 테지."

서은영은 그게 무슨 뜻이냐고 묻고 싶었다.

하지만 야마는 담담하게 웃을 따름이었다. 꺼져 가는 세상과 함께 그녀의 몸도 옅어졌다.

"언젠가. 다시 만나게 될 것이니라. 아마도 그때는 지금과 다른 형태겠지만."

그 말을 끝으로,

쿠쿠쿠쿠쿠쿠쿠쿠.

두 사람을 둘러싼 공간이 무너지면서 각각 원래 있던 곳으로 되돌아갔다.

* * *

서은영은 한동안 정신이 멍했다.

"……씨? ……영 씨!"

비몽사몽. 마치 정신이 다른 곳으로 표류라도 한 기분이었다.

"은영 씨!"

"……! 예? 예!"

서은영은 자신을 부르는 소리에 퍼뜩 정신이 깼다.

김 팀장이 자신을 보고 있었다. 자신을 비롯한 밴드 윌을 담당하는 분이셨다.

"아까 전부터 계속 불렀는데 왜 자꾸 그렇게 멍하게 있어? 어디 아파?"

"아, 아니에요."

"그래? 그럼 다행이고."

김 팀장은 안도에 찬 한숨을 내쉬다가 주변을 둘러봤다.

"그런데 지호 씨가 아까 전부터 계속 안 보이던데. 어디로 갔는지 몰라?"

"서, 선배요? 아까 전에 갑자기 급한 약속 생겼다면서 먼저 일어나셨어요."

"으아! 이 양반이 중요한 미팅이 있는 마당에 또 튀어? 하여간 걸리기만 해 봐라!"

김 팀장은 없어진 지호를 찾기 위해 복도로 뛰어갔다.

서은영은 긴장이 탁 풀렸다. 후들거리는 다리로 의자에 겨우 기대었다.

"대체…… 뭐였을까?"

자주 백일몽을 꾸긴 했지만, 그래도 이렇게 누군가와 대화를 나눈 적은 처음이었기에 모든 것이 낯설면서도 잔뜩 긴장되었다.

특히 그 기묘한 감각.

야마에게서 풍기던 느낌은 이루 말로 표현할 수 있는 게 아니었다.

"그렇게 예쁜 사람이니까…… 선배가 좋아하는 거겠지?"

말은 하지 않았지만, 그녀는 여자의 직감으로 야마가 지호의 연인이란 사실을 알 수 있었다. 오래전에 헤어졌지만 최근에 다시 만난 사이.

아마도 자신이 그 사이에 비집고 들어갈 틈 따위는 없겠지.

여자인 자신이 봐도 그토록 예쁘고, 당당하고, 아름다운 사람이니까.

자신과는 비교도 안 되는.

"이제…… 다 이뤄졌다고 생각했었는…… 데."

서은영은 탁상에 그대로 엎드렸다. 잡생각이 많아지면 마음만 아플 것 같았다.

때문에 그녀는 떠올리지 못했다.

야마가 했던 말.

새로운 질문이 생길 거라는 말.

그리고,

째깍. 째깍.

야마에 대한 생각으로 정신이 팔려, 시간이 본래대로 흐르기 시작했다는 사실까지도 모르고 있었다.

*　　*　　*

야마는 다시 방으로 돌아왔다는 사실을 깨달았다.

"서은영, 이라."

입가에 살짝 미소가 맺힌다.

어떻게 보면 기분 좋아 보이기도, 또 어떻게 보면 담담하기도, 혹은 씁쓸해 보이기도 하는 미묘한 감정이 뒤섞여 있는 미소.

"……어머니, 당신은 대체?"

야마는 굳이 뒷말을 잇지 않았다.

입에 올렸다가는 정말 현실이 될 것 같기에.

뚜벅. 뚜벅.

야마는 천천히 걸음을 옮겼다. 그러자 몸을 따라 빛무리가 감돌면서 나삼이 궁장으로 천천히 변했다. 그녀는 머리를 땋아 올리고 궁 밖으로 나섰다.

넓은 마당.

빗자루로 마당을 쓸고 있던 하인들이 허겁지겁 인사하고, 서류를 들고 바삐 움직이던 신하들이 예를 갖췄다. 이곳 등환처는 어느덧 지옥과 극락을 모두 포함한 저승의 중심지 역할을 하고 있었다.

야마는 계속 하던 일을 마저 하라는 식으로 그들을 내보내 주었다가, 슬쩍 고개를 위로 들었다.

궐의 용마루 위에 지호가 앉아 있었다.

그는 멍한 시선으로 하늘을 빤히 바라보다 이내 땅이 꺼져라 한숨을 푹 내쉬면서 뒷머리를 벅벅 긁었다. 화안금정으로 물들었던 눈은 다시 검은색으로 돌아와 있었다.

탁!

야마는 땅을 가볍게 박차 지호 옆에 사뿐히 섰다.

"왜 그러나? 뭐가 잘 안 되는가?"

"어. 분명 뭔가 벌어지고 있는 건 맞는데. 무슨 일인지 도무지 알 수가 없네."

"무슨 일이기에?"

"그건……."

지호는 뭔가를 말하려다가 고개를 저었다.

"아냐. 아무것도."

"음. 내가 못 미더운 건가?"

"아니. 그런 게 아니라 확실하지가 않……!"

"나로서는 할 말이 없겠지. 멍청하게 염라나 되어서 저승의 일도 제대로 처리 못했던 반편이니. 반면에 그대는 단번에 저승의 일을 해치웠으니. 내가 얼마나 못 미덥겠나."

"……."

지호는 등골이 오싹했다.

분명 겉으로는 아무렇지 않아 보이건만. 이상하게 무뚝뚝한 야마의 옆모습을 보니 보이지 않은 찬바람이라도 휭휭 부는 것 같았다.

'무, 뭐지? 내가 무슨 실수라도 했나?'

데구루루, 지호는 눈알을 옆으로 굴렸다.

'혹시 건드리지 말라던 사과 따 먹은 게 걸렸나? 아니면 연못에서 실수로 잉어 잡은 걸 알았나? 무, 뭐지? 뭐가 걸린 거지?'

문제는 찔리는 것이 너무 많다는 점이었다.

속마음을 살짝 들여다볼까 싶었지만.

'거, 걸리면 진짜 죽는다고!'

야마도 바보가 아니고서야 금세 알아차릴 거다. 그래서는 화만 더 돋울 수 있었다.

'으아아아아! 떠올려라, 손지호! 대체 뭔 잘못을 저지른 거냐!'

하지만 아무리 머리를 굴려도 전혀 짐작 가는 바가 없었다.

황이 되건, 신이 되건, 남자라는 성별을 타고 난 사람은 어쩔 수 없는 모양이었다.

"지호."

역시나 무뚝뚝한 말투.

지호는 정신이 번뜩 들었다.
"으, 응?"
"혹시 서은영이라고 아는가?"
'그거였어?!'
지호는 허리를 쭈뼛 세웠다. 식은땀이 삐질삐질 흘렀다. 옆에 여자 친구를 두고 다른 여자를 슬쩍 곁눈질하다가 걸린 게 아마 이런 기분이겠지.
"그, 글쎄요?"
"눈을 안 마주치는군."
"하, 하하하. 무, 무슨 마, 말씀이신지."
"뭐. 잡아떼겠다면 할 말은 없다만."
야마는 어색하게 대꾸하는 지호를 두고 몸을 돌렸다.
"참 예쁘고 귀여운 아이더구나."
그러고는 야마는 휙 사라져 버렸다.
'으아아아아아!'
절지천통보다 더 큰일이 생겨 버렸다!
지호는 관자놀이를 쥐어뜯으면서 몸부림을 쳤다.
'대체 어떻게 안 거지? 난 분명히 입도 벙긋 안 했는데? 잠꼬대라도 했나? 하여간 이 입! 이 입! 이 주둥이가 문제야! 망할! 으아아아아아아!'

저 멀리.

야마는 괴로움에 몸부림치는 지호를 보다가 아주 작게 피식 웃음을 흘렸다.

저러는 지호를 보니 아주 조금, 마음이 풀렸다.

야마는 이번에는 발길을 다른 곳으로 돌렸다.

등환처의 가장 중심으로.

그곳에는 가건물이 하나 지어져 있었다. 다른 궐과는 달리 나무를 아무렇게나 이리저리 세워 건물의 용도로만 쓰이는 곳.

이곳으로 수많은 전령과 신하들이 들어가고 나오기를 반복했다. 허겁지겁 뛰어다니는 그들의 얼굴에는 땀이 한가득이었다.

현재 저승에서 가장 바쁘다고 할 수 있는 곳.

야마가 도착하자 허겁지겁 신하들이 인사를 하려 했다.

야마는 그러지 말라며 고개를 가로젓고는 조심스레 안쪽으로 들어갔다.

"내 말하지 않았나! 그렇게 두면 큰일이 날 것이라고!"

"지옥 7층의 죄수들이 소란을 피웠다지 않은가! 여기에 대한 방책은?"

"중벽을 세우게, 어서!"

"극락에 묶인 이들은……."

"삼도천 쪽은? 아직도 나루터가 덜 되었다 하지 않았는가. 현의옹들을 독려해 보게."

"이곳과 이곳, 이곳과 이곳을 먼저 정리하게."

일사불란하게 움직이는 사람들.

그 중심에는 소호 금천이 있었다.

전령들이 가져오는 정보나 급한 일이 있으면 빠르게 훑어보고 내용을 정리해 지시 사항을 전달하고, 필요한 물자가 있으면 길을 뚫어 적재적소에 배치한다.

원래대로라면 명부시왕이나 지장이 해야 할 일이었지만…… 야마를 제외한 모든 이들이 죽거나 추방된 탓에 그가 강제로 떠맡게 된 것이다.

소호 금천은 오제 중에서도 당당히 수위권에 들 정도로 내치(內治)에 있어서는 통달을 한 상태.

당연히 그의 손길 아래 저승은 빠른 속도로 활기를 되찾아 갔다.

하지만 그런 그라 해도 모든 업무를 도맡아 하기에는 양이 방대했다.

야마가 도와준다고 나서도, 업무의 효율에 있어서는 그녀조차 소호 금천의 조언을 구할 정도였으니.

그러니 소호 금천은 어느덧 너무 수척해 있었다.

피곤해하는 기색이 역력하게 느껴졌다.

“이제 들어가서 좀 쉬시지요.”

“왔는가?”

소호 금천은 검지와 엄지로 두 눈덩이를 문지르다가 야마를 보고 씩 웃었다.

“마침 잘되었어. 일이 좀 늘어나던 참이었는데.”

야마는 벌써부터 한숨이 나왔다.

“이렇게까지 일을 크게 벌일 필요가 있겠습니까?”

“이왕에 칼을 뽑은 김에 제대로 해치워야지. 그리고.”

소호 금천의 눈이 초승달 모양을 그렸다. 눈가에 주름이 살짝 잡혔다.

“어느 정도 체재를 갖출 필요가 있다네. 그래야만 우리가 손을 놓는 때가 오더라도 제대로 돌아갈 수 있을 테니까.”

야마의 표정이 살짝 굳었다.

“그런 날이…… 올까요?”

“와야지. 와야 하고말고. 주군의 뜻이 그러하고, 변하는 시대가 그런 걸 원하지 않나.”

소호 금천이 씩 웃으며 말을 이었다.

“저승은 그저 그런 기능으로만 끝나야 할 걸세. 더 이상은 기존처럼 방대해질 필요가 없어. 윤회의 고리, 한 지점.

죽은 자들이 거쳐서 세계수의 뿌리로 들어가는 곳. 그런 역할이면 충분해."

"……."

야마는 묘한 느낌이 들었다.

"어쩌면 저승의 왕인 자네에게는 모든 권한을 가져간다는 것처럼 비쳐질 수 있어서 안 좋을지도 모르겠네만."

야마는 고개를 가로저었다.

"아닙니다. 만약 그렇게 느꼈다면 제가 가장 먼저 반발을 했을 테지요. 지호의 생각은…… 저 역시 일절 공감하고 있습니다."

오늘에 와서 느끼는 것이지만, 야마는 신의 역할에 대해서 어렴풋이 알 것 같았다.

'이 수미산을 온전히 인간들에게 넘겨주는 것.'

한때 신은 인간들을 영도하는 하늘이자 왕이었다. 그러다 수미산이 갈라지면서 신은 천계로 오르고 인간의 세상이 열렸다.

하지만 여전히 이 세상을 완전히 인간의 것이라 하기는 어려웠다.

천계에는 신들이 앉아 있어 세상의 법칙을 제멋대로 주무르고, 욕심에 취한 녀석들은 때때로 사익을 추구하기 위해 세상을 혼란케 만든다.

그것은 천신과 마신, 부처, 어느 것 하나 가릴 것이 없었다.

어쩌면 이렇게 계속 부대끼는 것은,

'창세(創世)의 한 단면은 아닐까?'

하고 생각이 들 수밖에 없었다.

수미산의 분화는 끝났을지 모르나, 아직 모든 창세기는 끝나지 않았다고.

그리고 그것에 마침표를 찍는 것이 지호에게 주어진 의무가 아닐까 하고 말이다.

"그리고."

소호 금천이 살짝 웃었다.

"천계와 크게 일전(一戰)을 치르려면 이쪽에서도 준비를 해야 하지 않겠나."

야마는 동의한다는 듯이 고개를 끄덕였다.

"확실히…… 너무 큰 전쟁이 될 테니까요."

"모든 것이 끝나 버릴 전쟁이 될 걸세. 모든 게 거기에서 판가름이 날 테니."

옥황상제에게 현도옥경이 있다면.

지호에게는 등환처가 있어야만 한다.

하나는 위에서 아래로, 다른 하나는 아래에서 위로 진격을 해야 할 테니.

“해서 이 두 작업을 같이 마무리하려 하는데…… 도무지 쉽질 않구만 그래.”

하지만 소호 금천의 엄살과 다르게 작업은 빠른 속도로 진행되는 중이었다.

질서가 조금씩 잡히면서 병력이 차출되기 시작했고, 선인 출신 중에 입관하기를 청하는 자들도 늘었다. 그리고 명부시왕의 잔재 병력들을 강제로 병합하면서 머릿수도 제법 많아졌다.

“일단 이예와 홍해아가 도와주고 있다지만 도무지 쉽지를 않아.”

간부진을 형성할 신들 역시 면면이 작진 않았다.

과거 세상을 등지고 떠났던 허신들. 그들이 지호의 부름에 따라 이따금 나타나면서 현신할 준비를 갖추니.

야마는 어느 정도 체재만 정비된다면 당장 천계와 전1쟁을 치러도 절대 부족하지 않으리라 생각했다.

‘하지만 그 정도로 끝나서는 안 돼. 확실하게 이길 수 있어야만 해.’

그리고 지호 역시 그 사실을 알기 때문에 물꼬를 트기 위해서 저렇게 수없이 서우화주를 공략하려 드는 것일 테고.

‘모든 것이 빠르게 돌아가고 있어.’

지호와의 만남 이후.

야마는 지난 반만년 동안 정지해 있던 자신의 시간이 너무나 빠르게 흘러간다는 사실에 묘한 느낌이 들었다.

*　　*　　*

"여긴…… 가?"

이예는 능선 아래에 작게 펼쳐진 마을을 신중한 눈빛으로 바라보았다.

> "거기 적혀 있는 대로 가 보시게. 이번에는 물러날 생각 말어. 자꾸 그렇게 미루다 보면 아무것도 못할 것이니. 자네는 다른 데서는 완벽을 기하면서, 꼭 그런 데서는 약하기만 하더군. 허허허."

위치를 가르쳐 주면서 가 보라고 등을 떠밀던 소호 금천의 목소리가 떠올랐다.

처음 이 말을 들었을 때 얼마나 놀랐던지.

언제나 가야지, 가야지, 속으로 생각만 하면서도, 미처 발걸음이 떨어지지 않았던 곳.

이예는 자신이 가슴속에 품고 살았던 것들이 한낱 꿈으로 깨지지 않기를 바랐다. 깨진다면 정말 감당할 수 없었을 것 같았으니까.

하지만 소호 금천의 말마따나 이 이상 물러나는 건 도망치는 것밖에는 안 될 터였다.

'가 보자.'

이예는 마음을 다스리면서 능선을 내려갔다.

그 순간,

쉭!

어디선가 날카로운 소리가 귓가에 울렸다.

이예는 본능적으로 그쪽으로 몸을 돌리면서 어느샌가 역수로 쥔 소증을 휘둘렀다.

따앙!

화살이 허공으로 튀었다. 손끝이 찌릿하게 울렸다.

이렇게 가까이 화살이 날아왔는데도 불구하고 여태 느끼지 못하고 있었다니. 이미 달의 신으로서 각성을 완료한 지 오래였기에 자신의 감각을 속였다는 것은 정말 대단한 일이었다. 특히 위력도 대단했다.

하지만 정작 이예를 놀라게 한 건 따로 있었다.

'소증……?'

자신을 노린 것이 자신이 자랑하는 것과 같은 하얀 화살, 소증이었던 것이다!

'설마!'

이예는 두 눈을 크게 뜨면서 그쪽으로 시선을 돌렸다.

탁!

"여기까지 무슨 낯짝으로 오셨는지 알 수가 없군."

높은 나무 위에 착지하는 자.

이예보다 다섯 살 정도 적어 보이는 얼굴에, 차가운 눈빛을 한 사내였다. 왼쪽 어깨에는 하얀 화살이 가득 담긴 화살통을 메고, 오른손에는 커다란 붉은 활을 쥐고 있다.

표정도, 복색도, 말투도 이예를 틀에 찍은 것처럼 너무 판박이였다.

"봉몽……."

"그 이름, 당신에게서 간만에 들으니 손발이 저리는군!"

살짝 벌어진 봉몽의 입술 사이로 송곳니가 삐져나와 차갑게 반짝거린다.

전형적인 사냥꾼의 눈빛을 하고서 이예를 노려봤다.

"여기까지 행차하셨다는 것은, 직접 목을 내놓으러 찾아왔다고 봐도 되겠군?"

"봉몽."

"자꾸 부르지 마라. 역겨우니까."

봉몽은 이예와 똑같은 활, 동궁을 들어 시위에다가 소증을 세 자루 걸었다. 활대가 부러져라 잡아당기면서 이예에게로 겨누었다.

하지만 이예는 그저 서 있기만 했다. 슬픈 눈망울을 하면서. 자신의 옛 제자를 바라봤다. 분노에 얼룩진 제자의 눈동자는, 이전까지 자신이 가졌던 것과 크게 다르지 않았다.

"활을 들어라. 어서!"

"그때는 미안했다."

"들지 않겠다면…… 죽어."

봉몽이 시위에서 손을 놓으려는 순간,

팅!

갑자기 어디선가 날아온 다른 화살이 봉몽의 시위를 잘라 버렸다.

봉몽이 인상을 와락 일그러뜨렸다.

"복비!"

"그만해. 언제까지 어린애처럼 굴 건데?"

스르륵, 탁!

새치름한 인상을 지닌 여인이 그림자 위로 떠오르면서 핀잔을 던졌다.

봉몽은 이게 무슨 짓이냐며 인상을 더 찡그렸지만.

복비는 그가 그러거나 말거나 신경 쓰지 않고 화사하게 웃으면서 이예를 맞았다.

"스승님, 오랜만이네요."

봉몽과 복비는 이예를 마을까지 안내했다.

마을은 밖에서 보던 것보다 훨씬 작았다. 끽해야 집 오십여 채가 될까 말까 한 크기.

"사람들은?"

"잠시 일이 있다면서 자리를 비웠어요. 스승님이 오셨다고 전달했으니까 곧 돌아올 겁니다. 걱정 마세요. 그동안 다들 스승님을 그리워했었거든요."

"그런…… 가."

이예는 옛 제자의 해맑은 미소를 보면서 마음이 더 무거워졌다.

소호 금천이 가르쳐 준 이 마을.

오랜 옛날. 자신 때문에 무너지고 말았던 나라, 유궁. 이 마을은 유궁의 백성들이 저승으로 와서 일군 곳이었다.

이예는 자신의 백성들이 저승 어딘가에 있으리라고 생각은 하고 있었다. 대부분 윤회의 고리에 몸을 녹였어도, 몇몇은 그때의 한을 놓지 못했을 테니까.

문제는 이들이 자신 때문에 죄 없이 목숨을 잃은 이들이란 점이었다.

언제고 간에 만나서 사과를 했어야 할 일.

하지만 이들의 얼굴을 볼 면목이 없었기에 여태 발걸음이 쉽게 떼이지 않았었다.

무엇보다,

'내가 찾아온 이유는…… 사과만이 아니니까.'

소호 금천이 신신당부하지 않았던가.

"천계와의 전쟁이 얼마 남지 않았어. 가능하다면 다시 일궈야만 하네. 연옥을."

그렇기에 마음이 더더욱 무거울 수밖에 없었다.

분명 봉몽처럼 화를 내는 사람이 많을 터였으니.

봉몽과 복비는 유궁에서 그가 직접 거둬 자신의 자식처럼 길렀던 아이들이었다.

"요즘 꼬맹이들은 어떻게 지낸대요? 여긴 너무 구석이라 어떻게 소식을 들을 수 있어야지. 듣기로는 삼신장이니 뭐니 하면서 꽤 출세했다던데."

"상장군이다."

"정말요? 이야. 정말 세월 빠르네. 그 코찔찔이들이 벌써 그만큼이나 크고. 스승님 자리를 제자들이 고스란히 물려받았네. 옥황, 그 좀생이가 그렇게 마음이 넓을 리가 없는데."

복비는 자존심 강한 나타나 뇌진자가 들었으면 즉각 반발했을 이야기를 아무렇지 않게 내뱉고는, 어느 자그마한 초갓집의 문을 열었다.

"들어오세요, 스승님. 별 건 없지만."

"엄…… 마!"

"그래. 우리 아가. 그새 엄마가 보고 싶어쪄?"

"아…… 쁘아!"

초가집 안으로 들어가니 세 살 정도 난 아이가 방긋방긋 웃으면서 복비에게 와락 안겼다. 여태껏 딱딱한 표정을 짓던 봉몽도 스르르 안색이 풀렸다.

이예의 눈이 살짝 커졌다.

"엄마? 아빠? 너희들……?"

봉몽은 다시 인상을 굳히면서 고개를 옆으로 홱 돌렸고, 복비는 배시시 웃었다.

"어쩌다 보니 그렇게 되었답니다."

이예는 그럴 수 있을 것 같다는 생각이 들었다.

저승에서도 이런 외진 곳에 있다 보면 서로 의지하는 사이가 될 수밖에 없을 테니까.

"하지만……."

문제는 저승에서는 생명이 태어나지 않는다는 점이었다.

이곳은 죽은 망자들이 배회하는 장소.

기쁘거나 행복한 일은 쉽게 생기지 않는다.

"물론 이 아이는 저희 아이가 아니에요."

복비는 씁쓸하게 웃었다.

"어린 나이에 이리로 흘러 들어온 아이죠."

이예도 알겠다는 듯이 고개를 무겁게 끄덕였다.

"저승에는 이런 아이들이 너무 많아요. 부모를 잃은 아이나, 태어나서 얼마 되지 않아 죽는 아이들까지…… 그런 아이들은 대부분 금방 윤회의 고리로 들어서지만, 간혹 그렇지 못하는 아이들이 있어요. 그런 경우에는 자아가 아직 잘 성립되지 않았기 때문에…… 어떻게든 도와줘야 하죠."

분명 저승 내에서도 그런 기관이 있었다.

최근 분쟁이 격화되면서 유명무실해져서 그렇지.

"그걸 대신한 건가?"

"예. 어쩌다 보니."

복비의 미소가 커졌다.

"그래도 아이들이 자라는 걸 보면 아주 기쁘답니다. 보람도 있고요. 저희가 키운 아이들이 얼마나 많은지 아세요?"

"보여 주겠나?"

"그럼요."

복비는 자신의 아이가 얼마나 똑똑한지 자랑하고 싶어 안달이 난 팔불출 엄마처럼 아이들과 있었던 추억담이며 장난감들을 보였다.

가만히 뒤에서 듣고 있는 봉몽도 기분이 좋아 보였다.

"……그래서 어쩌다 보니 저희 마을이 그렇게 아이들을 기르게 된 거예요."

"그렇군."

이예는 이들이 정말 슬기로운 삶을 살고 있다는 생각이 들었다.

'달라진 게 하나도 없구나. 이들은.'

그렇기에 더더욱 감사했다.

그리고 이들의 평화를 깨고 싶지 않았다.

'소호 금천에게는 죄송하다고 해야겠어.'

이예는 다시 연옥을 세울까 하는 생각을 접었다.

구원(舊怨)이 있다지만, 그걸 강제해서 이들을 끌어낼 생각은 없었다. 만약 지호를 만나기 전이었다면 아직도 원한에 사로잡혀서 물불을 가리지 않았겠지.

"스승님은요? 항아 아가씨랑 다시 만나셨나요?"

"……그래."

저 뒤. 봉몽의 눈이 살짝 커지는 게 보였다.

복비도 눈이 휘둥그레졌다.

"그럼 상제께서……?"

이예는 단호하게 고개를 저었다.

"아니. 그가 용서해 주거나 한 것은 아니다. 나는 지금 천마를 모시고 있으니까."

"아!"

복비는 감탄을 터뜨렸다.

아무리 구석진 곳에 있어 전란을 무사히 피해 간 그들이라도, 저승을 평정하고 질서를 가져온 천마에 대해서 모를리 만무했다.

"그럼 그분이……?"

"그래. 항아를 구해 줬다. 그리고 지금은 광한궁에 있고."

"다행이에요, 정말. 아가씨께서 돌아오셔서."

복비의 눈가에 살짝 눈물이 그렁그렁 맺혔다. 그녀의 오랜 기억 속에 있는 항아는 너무나 성품이 착하고 고운 사람이었으니까.

이예와 너무 잘 어울리는 한 쌍이었다.

봉몽 역시 말은 하지 않아도 안도에 찬 한숨을 내쉬고 있었다. 하지만 입가에선 씁쓸한 미소가 떠나질 않았다. 미련이 남은 듯한 모습이었다.

복비는 검지로 눈가에 맺힌 눈물을 지우면서 피식 웃었다.

"어머. 나 좀 봐. 주책없게. 그럼 여기에 오신 건 역시……?"

역시 복비. 유궁에서 제일 머리가 좋았던 여인다웠다. 금세 이예의 심중을 읽어 낼 줄이야.

이예는 쓰게 웃었다.

"연옥을 다시 만들자고 부탁할 생각이었다만……."

일순, 봉몽의 안색이 딱딱하게 굳는다. 복비가 딱딱하게 이예를 바라본다.

"생각이 바뀌었다. 평화롭게 사는 너희들까지 끌어들일 수는 없겠구나. 더구나."

이예는 고개를 가로저으면서 말을 이었다.

"지난 수천 년 동안 너희들을 지긋지긋하게 괴롭혔으면 되었지, 더 끌고 갈 필요가 무엇이 있을까. 너희들은 부디 구원에서 해방해 다오."

이예의 눈빛이 따스해졌다.

"그것이 한때 너희들의 왕이었고, 신이었던 나의 마지막 바람이다."

"이예 님! 정말 이예 님이시잖아?"

"와아! 정말이다!"

"으흑흑. 이렇게 마지막 한 번이라도 뵙는 게 소원이었는데…… 건강하신 모습을 보니 더 이상 한이 없습니다."

이예가 돌아왔다는 소식에 밖으로 나갔던 마을 사람들이 금세 돌아왔다. 언제나 아이들 소리밖에 없던 마을이 간만에 어른들로 시끌벅적해졌다.

이예는 아예 자리를 잡고, 그들의 손을 하나하나씩 어루만져 주면서 지난 시간 동안 있었던 일들에 대해 이야기를 나눴다.

시간이 너무 오래 지나 이제 기억도 나지 않을 거라 생각했는데.

오히려 얼굴을 보고 나니 이름이 하나하나씩 다 떠올랐다. 그들의 생김새도. 그들의 성격도. 그들의 말투도.

그러다 뒤늦게 반가운 얼굴도 만났다.

이예를 대신해서 먼저 죽었던 연옥의 선인들.

함께 유궁의 한을 풀고자 했던 수하들이 돌아와 이예와 부둥켜안고 울었다.

복비는 창으로 그런 이예의 모습을 보면서 피식 웃었다.

"연옥 녀석들한테 듣기로는 더 이상 말도 표정도 없다고 했었는데. 이제 보니 웃으실 줄도 아시잖아. 정말이지…… 항아 님이 계셔야 한다니까."

그녀는 사실 한때 강의 신, 하백의 아내였다가 이예를 연모한 나머지 그와 이혼을 하고, 유궁을 찾아와 제자가 되길 청했던 사연을 품고 있었다.

지금이야 세월이 한참 지났고 옆에 봉몽이라는 짝이 있기 때문에 그때의 마음은 더 이상 없었지만, 그래도 애틋함은 남아 있었다.

"그래서. 이제 어쩔 거야?"

복비는 고개를 옆으로 돌렸다.

뚱한 표정을 짓고 있던 봉몽이 퉁명스럽게 물었다.

"뭘?"

"스승님 몰라? 무뚝뚝하셔서는. 말도 없으신 양반이잖아. 우리가 도와야지."

"우리가 왜?"

봉몽은 코웃음을 쳤다.

"이 사달을 만들어 내고, 동료들을 수천 년 동안이나 끌고 다니면서 힘들게 굴던 양반이다. 더 이상 동료들을 힘들게 할 필요는 없다만."

"그래도 우리의 왕이잖아."

"그깟 왕, 바꾸면 그만이지."

복비는 땅이 꺼져라 한숨을 내쉬었다.

"하아! 하여간 솔직하지 못하다니까. 도와 달라고 직접 말하면 도와줄 거면서. 걱정되면 걱정된다고 말해, 이것아."

순간, 봉몽의 얼굴이 빨갛게 달아올랐다.

"누, 누가 걱정이 된다는 거냐!"

"안 그럼 아까 전부터 왜 자꾸 스승님을 보고 있는 건데?"

"그건……!"

"아, 됐고! 따라와."

복비는 봉몽의 손을 잡아당겼다.

봉몽은 '어? 어!' 하다가 질질 끌려갔다.

"어디로 가는 거냐!"

"그냥 잔말 말고 따라와."

* * *

이예가 연옥 재건을 위해 유궁의 백성들을 만나는 사이.

홍해아는 지옥의 가장 아래층에 위치한 무간지옥에 도착해 있었다.

영혼마저 녹일 것 같은 보랏빛 대기가 짙은 독성을 띠고, 바닥은 시뻘건 유황불을 쉴 새 없이 토해 내는 용암지대로 질퍽질퍽하다.

곳곳에 펄펄 끓는 수증기가 감돌며, 철로 된 나무와 잡풀이 무성하게 자라나는 이곳은 제아무리 흉측한 악인이라 할지라도 죄를 뉘우칠 수밖에 없을 만큼 괴롭고 고통스러운 곳이었다.

하지만 우마왕이 삼겁 중에서 화겁을 모아다 만든 홍해아에게는 오히려 제집처럼 아늑한 장소였다.

'이곳에서…… 어떻게든 내 가치를 증명해 내야만 한다.'

하지만 아늑한 것과 다르게 홍해아의 마음은 조급했다.

처음 지호를 따라서 저승으로 온 이유가 무엇인가?

스승인 관세음의 뜻을 따르기 위해서였다.

아버지인 우마왕의 업을 잇기 위해서였다.

불(佛)과 마(魔).

절대 양립할 수 없을 것 같은 두 힘을 가지고 태어난 자. 그것도 각 진영에서 최고라 할 만한 존재들의 가르침을 받았으니.

그래서 자신이 나선다면 저승의 위기 따위, 얼마든지 고칠 수 있을 거라고 생각했다. 호세천부에게는 힘없이 당했지만, 마신들에게는 눌리지 않으리라 다짐했다.

하지만 결과는 무엇이던가.

이번에도 지호에게 모든 걸 떠맡기고, 자신은 따로 떨어져 있어야만 했다.

으드득!

홍해아의 눈가로 불길이 타올랐다.

그건 지호에 대한 질투나 그런 것이 아니었다. 그는 내심 의심쩍어하던 지호를 이제 인정하고 있었다.

그가 화가 난 이유는 단 하나.

자신이 기대에 못 미쳤다는 것.

'날, 증명하고 말 것이다.'

관세음의 제자이자 우마왕의 아들이라는 것을 세상에 보이리라.

그리고,

'천계에 이 모든 잘못을 물으리라.'

탁!

홍해아는 어느덧 무간지옥의 가장 중심부에 도착했다.

그 순간.

「여기가 어디라고, 함부로 드는가?」

스스스.

어디선가 음산하게 울리는 목소리.

동시에 보랏빛 대기가 더욱 시뻘겋게 타오르면서 홍해아의 숨통을 옥죄어 간다. 곳곳에서 망령의 울음소리도 들렸다.

홍해아는 고개를 들었다. 눈이 반짝였다.

'이것이 망자들의 염(念).'

아버지 우마왕에게서 들은 적이 있었다.

지옥의 가장 깊은 곳은 이승도 저승도 어쩌지 못할 정도로 강해서 가둬 둔 수많은 악신과 마귀들이 뒤엉켜 살면서 하나의 집념체로 똘똘 뭉쳐 있노라고.

이를 극복할 수 있어야만 불과 마의 정통을 한 몸에 타고났다 할 수 있으리라.

홍해아가 크게 소리쳤다.

"나는 관세음의 제자이자, 우마왕의 아들. 홍해아!"

포부가 실린 목소리가 쩌렁쩌렁하게 울렸다.

"그대를 수족으로 삼고자 왔다."

*　　*　　*

콰득. 콰드득.

"으으으으음. 죽겠네. 진짜."

마해의 깊숙한 곳.

반고가 있던 자리에는, 더 이상 반고가 없었다.

오직 축 늘어진 쇠사슬만 남아 있을 뿐.

그리고 그 중심에는.

콰드드드드드드드득.

손오공이 있었다.

그는 뼈가 으스러졌다가, 근육이 팽팽해지고, 손발이 기괴하게 뒤틀렸다가, 다시 줄어드는 온갖 해괴한 고통을 당하고 있었다.

이미 육체 따윈 없는 영혼의 잔재만이 남은 몸이건만.

이것을 강제로 찢고, 조립하고, 다시 찢고, 조립하기를 반복하는 과정은 너무나 끔찍하기 그지없었다.

하지만 그의 눈동자는 다른 어느 때보다 거칠었다. 황금색이던 눈동자에 핏대가 서면서 서서히 붉은색으로 변해 갔다.

영혼의 각성(覺醒).

분명 같은 영혼을 공유한 지호가 황으로 탈피를 했는데도 불구하고, 손오공은 거기서 벗어나 새로운 형태로 재탄생을 시도하고 있었으니.

반고가 품은 영혼의 에너지는 그만큼이나 많았다. 아무리 제천대성이 품고 있는 그릇이 대단하다 할지라도 절대 수용할 수 있는 양이 아니었다.

도리어 삼키려다가, 반고의 사념에 잡아먹혀 새로운 반고를 만들어 낼 수도 있는 일이었다.

하지만 손오공은 어느 누구에게도 지지 않는 정신력이 있었다.

—쿠오오오오! 쿠오! 쿠오오오오오!

반고가 머릿속에서 이걸 풀라면서 아무리 날뛰어도 절대

정신을 놓지 않았다. 도리어 억지로 욱여넣고 또 욱여넣었다.

그것은 바늘구멍에다가 바다를 넣는 것과 같을 만큼 무모한 짓이었지만, 손오공은 해냈다.

그리고 끝내 반고의 사념이 완전히 뭉개졌을 때,

콰드드드드드드드드득!

한참이나 부풀었던 손오공의 육체가 단번에 축소되면서 원래의 모습으로 돌아왔다.

호리호리한 체구를 한 나신이 땅까지 내려오는 백발에 가려진다. 금색으로 빛나야 할 눈은 단풍잎을 닮은 선홍색으로 변해 있었다.

"……됐어."

잔뜩 벌어진 입가를 따라 송곳니가 훤하게 드러났다.

* * *

그리고 그때.

"오공……?"

지호가 뭔가를 느끼고 벌떡 자리에서 일어났다.

* * *

뭔가를 느끼는 사람은 지호만이 아니었다.

"금천!"

"그래. 나도 느꼈으이."

앞으로의 일들에 대해 논의를 나누고 있던 야마와 소호 금천이 고개를 높이 들다가 인상을 잔뜩 찡그렸다. 바쁘게 길을 오고 가던 신하들도 모두 눈을 크게 떴으며,

"얘들아, 진정해라! 진정!"

"제기랄……! 저승의 혼란, 다 끝났다며? 천마인지 뭔지 당신이 모시는 사람이 전부 해결한 거 아니었어?"

연옥과 유궁의 백성들이 화들짝 놀란 얼굴이 되었다.

쿠쿠쿠쿠.

자세하게 감각을 세우지 않으면 느껴지지도 않았을 진동.

하지만 발아래, 저 깊디깊은 지면 아래에 거대한 뭔가가 꿈틀거리고 있다는 느낌이 강하게 들었다.

특히 복비의 손길에 강제로 붙잡혀 이예의 옆에 서게 되었던 봉몽은 아예 그의 멱살이라도 틀어쥘 태세였다.

"……."

이예는 말없이 있다가 곧 오른손에는 동궁을, 왼손에는 소증을 쥐었다.

그는 이미 이 기운의 진원지가 어딘지 알고 있었다.

마해.

그는 다른 사람들을 돌아보면서 말했다.

"위험할지 모르니 다들 몸을 숨기고 있도록 해라."

그러고는 휙, 하고 축지를 밟아 어디론가 사라졌다.

봉몽과 복비의 인상이 살짝 굳은 가운데,

"아아! 정말이지 예나 지금이나 우리 왕께서는 너무하시다니까."

누군가 뒷머리를 벅벅 긁어 대더니 씩 웃었다. 남은 사람들도 하나둘씩 몸을 풀더니 저마다 집 한쪽 구석에다 처박아 뒀던 무기들을 갖고 나왔다.

"너희들……?"

봉몽이 믿기지 않는다는 얼굴로 동료들을 바라봤다.

"왜?"

"너는 뭐하고 있냐?"

무슨 문제라도 있냐는 듯한 태도. 이게 아주 당연하다는 듯한 모습이었다. 오히려 몇몇은 봉몽에게 준비를 안 하는지 되물었다.

"저놈 때문에 우리가 그동안 그 고생을 했던 걸 그새 잊은 거냐! 그런데 다시 그 길을 따라 들어가겠다고?"

봉몽은 얼굴이 시뻘겋게 달아올라 소리쳤다.

하지만 사람들은 심드렁했다.

"그게 뭔 고생이냐?"

"맞아. 고생은 이예 님이 더 하셨지."

"너희들……!"

"아, 됐고. 쓸데없는 소리 그만하고 옷이나 입어, 새꺄."

"난 지금……!"

"어차피 우리 가고 나면 우리 걱정된다는 핑계로 올 거면서 무슨. 복비야, 뭐해? 어서 이 새끼 옷 안 입히고."

"응. 안 그래도 그러려고."

"야! 이게 아니잖아!"

봉몽이 소리를 고래고래 지르든 말든, 그는 복비와 나머지 연옥의 손에 떠밀려 이리저리 옷이 입혀지고 강제로 무구까지 쥐어졌다.

그걸 보며 동료 한 명이 고개를 절레절레 흔들었다.

"하여간 솔직하지 못하기는. 남섬부주에서 온 친구 말로는 저런 거 보고 츤데레라고 그러던데? 맞나?"

그렇게 옛 유궁이 다시 일어났고,

홍해아는 망자의 염을 강제로 복속시키려 불과 마의 기

운을 동시에 끄집어내다 말고 고개를 돌렸다.

「호오? 이건 반고의 기운일 텐데. 여태 상제도 건드리지 못한 것을 다른 누군가가 날름 삼키기라도 했나? 참으로 신기하군.」

망자의 염은 홍해아의 기운을 거스르려다 말고 호기심 가득한 모습이 되어서는, 갑자기 무간지옥에 가득히 퍼뜨렸던 힘을 한꺼번에 거둬들였다.

갑갑했던 공기가 쑥 가라앉는다.

홍해아는 녀석의 생각을 알 수 없어 인상을 살짝 찡그리려는데,

「그대를 따라가면. 저곳으로 갈 수 있나?」

"뭐?"

「아무래도 여기에 갇혀서만 지내서 그런가. 밖이 아주 재미있게 돌아가는데도 불구하고 내가 계속 놓치고 있었던 것 같아서 말이지.」

망자의 염이 차갑게 웃었다.

「그대를 따라간다면. 저것을 볼 수 있냐, 이 말이다.」

저런 곳에 끼일 그릇이 되느냐는 뜻.

홍해아는 당연하다는 듯이 크게 고개를 끄덕였다.

"물론."

「좋아.」

스스스.

망자의 염이 안개처럼 흩어지며 홍해아의 칠공(七孔)을 따라 흡입되기 시작했다.

「그대를 그릇으로 인정하도록 하지.」

홍해아가 충만해진 힘을 갖고서 움직였다.

콰아아아아아아아앙!

곳곳에서 축지를 밟는 소리가 동시에 들려왔다.

*   *   *

가장 먼저 마해에 모습을 내비친 것은 지호였다.

이미 이곳은 그의 안이라 할 수 있는 곳.

바깥에 있던 존재를 지우고, 마해에다 의념을 집중시켜 상(像)을 맺게 했다.

어느새 한 손에 여의봉도 쥐고 있는 그가 고개를 들자, 마치 깜깜한 암전이 내려앉은 방에 형광등을 켠 것처럼 곳곳에 빛이 내려앉는다.

그리고 시선이 닿은 거목의 나뭇가지.

거기에 손오공이 엉덩이를 깔고 앉아 팔짱을 낀 채로 지호를 내려다보고 있었다.

여태껏 그를 상징하던 화안금정이 아닌.

옥황상제처럼 선홍빛으로 물든 눈을 하고서.

"오랜만이야, 애송아. 이게 얼마 만이지?"

지호의 안색이 딱딱하게 굳었다.

화안금정이 열린 그의 눈에는 똑똑히 보였다.

손오공의 형상을 갖추고 있으나, 이제는 절대 손오공이라 할 수 없는 존재가.

그것은 거대한 에너지 덩어리였다.

황이 된 지금의 지호라 해도 전부 수용이 가능할 수 있을까 싶을 정도로 어마어마한 에너지 덩어리.

세상을 몇 번이고 재창조할 수 있을 것 같은 어마어마한 에너지가 압축되고, 또 압축되기를 몇 번이고 반복해서, 더 이상 억눌려지지 않을 만큼 꾹꾹 눌려서 빚어진 형태 같았다.

그그그그그그그.

어마어마한 질량 덩어리가 협소한 공간을 누르면 블랙홀을 형성하듯이, 손오공이 있는 위치에도 그를 따라 공간이 그대로 내려앉을 것처럼 계속 끔뻑끔뻑거렸다.

"대체…… 무슨 짓을 저지른 겁니까, 오공?"

"배가 고파서. 뭐 좀 주워 먹었더니 이렇게 됐네?"

"지금 장난치자는 거, 아니잖아요!"

고오오오오오!

지호가 뿌려 댄 기파가 회오리치면서 손오공에게 닿으려다가 너무나 쉽게 꺾인다.

손오공은 한 손을 길게 뻗은 상태에서 조금 빨갛게 달아오른 손바닥을 보며 감탄을 터뜨렸다.

"크으. 역시 내가 제자 하나는 잘 길렀다니까? 이건 좀 찌릿찌릿했다. 대단한데? 아주 칭찬해."

"반고를 먹는다는 게, 어떤 의미인지 아실 텐데요?"

"알지. 알다마다."

손오공이 히죽 웃었다.

지호의 눈에는 그 웃음이 불길하게 보였다.

"더 높은 곳으로 가는 힘이지."

"그런……!"

"어차피 상제와는 모든 게 틀어졌고. 절지천통은 언젠가 다시 끊어지게 되어 있다. 예전에 려가 그랬듯이. 우가 그랬듯이. 내가 그러했고, 앞으로 네가 그러하겠지. 그렇다면 어떻게든 지긋지긋한 악연은 끊어야지."

손오공의 미소 사이로 송곳니가 훤하게 드러났다.

"하지만 반고를 삼킬 방법이 없어서 언제나 머리를 쥐어싸매야 했는데. 애송아, 네 덕분에 한시름을 놓을 수 있게 됐다."

손오공이 과거에 부처가 되어 윤회의 고리에서 떼어졌듯이.

지금도 손오공이라는 존재는 새로운 존재가 되어 지호로서 윤회를 해야 할 영혼의 고리에서 갈라져 나와 완전히 독립을 해 버렸다.

이제는 별개의 개체라고도 해도 될 존재.

신도, 부처도, 황도, 아무것도 아니게 된 존재.

보다 근원적인 존재.

여와가 확립한 이 세계의 규율에서 완전히 벗어난 존재가 되어 지호를 바라본다.

지호는 여의봉을 꽉 쥐었다.

"대체 뭘 하려는…… 겁니까?"

"아무것도 하지 않아."

손오공은 고개를 가로저었다.

"그게 무슨……!"

"천계로 올라가 상제, 그놈의 뻔뻔한 낯짝에다가 주먹 한 번 갈겨 주고, 떠난다. 내가 바라는 건 그거밖에는 없는데?"

손오공이 히죽 웃었다.

"굳이 따지자면 너랑 크게 다를 것도 없는 것 같은데. 그냥 손이나 같이 안 잡으련? 혼자보다는 둘이 더 나을 텐데."

"……."

지호는 말없이 가만히 손오공을 바라봤다.

손오공의 형상, 그 안에 담긴 에너지 덩어리. 그것은 금방이라도 터질 것처럼 잔뜩 이글거리는 중이었다.

그런 덕분에 알았다.

"……거짓말을 하시는군요."

"어? 들켰나?"

"뭡니까, 대체? 제게 숨기고 있는 게."

"으흐흐. 말해 주면, 왜? 도와줄래?"

"뭘 할 줄 알고요?"

"그렇지? 그런데 말이야."

으이짜, 손오공은 나뭇가지를 양손으로 밀면서 탁! 하고 똑바로 섰다.

"말해도 너 안 도와줄걸? 네가 어떨 때 보면 좀 고지식하잖아? 그러니까 관두련다. 뭐, 그래도 상제 새끼 좀 두들겨 패려는 건 사실이야. 그래서 말인데."

일순, 손오공의 표정이 딱딱하게 굳었다. 싸늘함만이 감도는 얼굴. 여태껏 웃고 떠들던 모습이 전부 거짓이라는 듯, 마치 가면을 쓴 것처럼 변했다.

"그 여의봉, 좀 돌려받아야겠다."

"……!"

지호가 미처 어떻게 반응하기도 전에,

콰아아아아아아아아앙!

강한 진각과 함께 일대 공간 전체가 짓눌렸다. 마해가 그대로 터져 나가는 게 아닐까 하는 파괴력과 함께 거목이 짜부라지고, 지반이 내려앉으며, 주변에 있던 마물들이 그대로 터져 나갔다.

그리고 어느새 손오공은 지호 앞에 도착해 있었다.

상대방의 숨소리까지 들릴 정도로 너무 가까운 거리.

거기서 손오공이 다섯 손가락을 활짝 펼치면서 지호의 손목을 잡아채려 했다.

쐐애애애애액!

그대로 공간이 잘려 나가는 어마어마한 힘.

지호는 몸을 우로 비틀면서 여의봉으로 손오공의 팔을 그대로 후려쳤다.

콰르르르르르르르르릉!

여의봉에서 일어난 황금색 빛줄기와 은색 서기가 휘황찬란하게 반짝이면서 손오공에게로 육박해 들어갔고, 손오공은 그것을 맨손으로 덥석 잡았다.

여의봉을 사이에 두고, 밀어내려는 지호의 힘과 이것을

빼앗으려는 손오공의 힘이 대치된다.

쿠쿠쿠쿠쿠쿠쿠쿠쿠!

마해가 들썩이고, 세상을 강하게 비추었던 빛이 몇 번이고 점멸을 반복한다.

"크윽……!"

지호는 이를 악물었다. 화안금정 위로 핏대가 잔뜩 서서 뻘겋게 충혈 되었다.

반면에 손오공은 어딘지 모르게 여유로웠다. 히죽거리면서 지호의 속을 박박 긁었다.

"너 황이라며? 려 정도는 된다고 하더니. 고작 이 정도냐?"

"으으! 젠장! 이제는 그냥 관 뚜껑 덮고 잠이나 쳐 잘 것이지! 뭔 놈의 욕심이 많아서 이딴 짓입니까!"

손오공의 고개가 외로 꼬였다. 상당히 짜증 난 표정.

"뭐어? 관 뚜꺼어엉? 이 새끼가!"

"왜요? 틀니 딱딱이라고 해 줄까요?"

"뒈질래?"

"뒈지려거든 오공이나 좀 뒈지시죠!"

지호의 짜증 섞인 외침과 함께,

콰드드드드득!

머리가 백발로 물들었다. 피부 위로 푸른 비늘이 잔뜩 올라오면서 얼굴을 덮었다.

반인반룡!

힘을 최대한 있는 힘껏 쥐어짜면서 손오공의 악력을 뿌리쳤다.

콰콰콰콰콰콰콰콰콰쾅!

손오공이 저만치 반대편으로 튕겨 났다. 마해를 이루던 숲이며 산자락이 모조리 초토화되는 가운데,

쐐애애애애애애액!

지호는 땅을 박차며 화살처럼 손오공이 있는 곳으로 단숨에 쇄도했다.

동시에 여의봉이 황금빛으로 물들다 지호에게로 녹아내렸다. 지호는 손바닥을 활짝 펼치면서 벼락 수백 개를 응집시킨 뇌벽세를 터뜨렸다.

'오공의 생각부터 읽어야 해!'

이를 악문 지호의 눈이 차갑게 빛났다.

이제 와서 생각해 보는 거지만, 사실 처음 만났을 때부터 아무 생각 없는 것 같던 손오공의 행동과 말투는 하나하나에 계산과 의도가 녹아 있었다.

지금도 마찬가지.

손오공이 반고를 삼켜 독립을 한 데에는 그만한 이유가 있을 터.

하물며,

'여의봉을 콕 집어서 이야기한다는 건.'

화안금정이 요요하게 빛난다.

'저 결정을 내린 지 얼마 안 되었다는 뜻이야!'

만약에 손오공이 여의봉을 필요로 했다면 이전부터 얼마든지 돌려받을 기회가 많았을 것이다.

그런데도 저러는 이유.

원래는 윤회의 고리 속으로 스스로 걸어 들어가려던 손오공으로 하여금 뭔가 생각이 바뀌게 만든 계기가 있다는 뜻이었다!

그 생각을 끝으로.

샛노란 섬광이 세상을 가득 물들이면서,

콰콰콰콰콰콰쾅!

폭발이 일어나고,

"오! 제법……!"

그 사이로 손오공이 히죽 웃는가 싶더니,

콰르르르르르르르르—!

"……인데!"

어느덧 폭발을 뚫고 튀어나오면서 팔꿈치로 지호의 머리를 쓸어내리고 했다.

지호는 허리를 바짝 뒤로 눕히면서 아슬아슬하게 피해

내고, 팽이처럼 몸을 돌리면서 주먹으로 손오공의 턱을 올려쳤다.

쿠콰아아앙!

손오공이 이걸 다시 손으로 받아 내면서,

그그그그그그그그!

진동파가 파문을 잔뜩 그리면서 퍼져 나갔다.

이미 두 사람이 내뿜는 어마어마한 압력이 몇 번이고 주변 공간을 짜부라뜨리기를 반복하면서, 주변에는 남아나는 것이 없었다.

"오! 이걸 피해?"

손오공이 제법이라는 듯 고개를 끄덕인다.

그러다,

"하지만 말이다."

히죽. 역시 속을 박박 긁는 웃음을 터뜨리면서,

"아직 날 잡으려면 한참 먼 것 같은데?"

지호의 팔뚝을 잡더니 그대로 후려쳤다.

콰아아아아아앙!

이번에는 지호가 반대편으로 거세게 튕겨 나갔다.

손오공은 손을 활짝 펼치면서 대지를 세게 찍었다.

그그그, 대지가 몇 번이고 출렁이더니 쩍쩍 갈라진 균열이 거미줄처럼 더 넓게 퍼져 마해 곳곳으로 퍼지더니 시뻘건 용암이 치솟으며 지호를 잡으러 움직였다.

뜨거운 열기. 갑갑한 공기.

손오공의 기운이 들어가면서 신의 영혼마저 녹일 용암이 콸콸 쏟아졌다. 지호는 발로 대지를 긁으며 일으킨 근두운으로 몸을 아홉 겹이나 두르면서 소리쳤다.

"얼어라!"

이곳은 그의 권역. 그의 영혼, 안쪽.

당연히 지호의 의지에 따라 마해 전체에 눈보라가 일고 대지가 얼음으로 꽁꽁 뒤덮였다.

지호를 덮치려던 용암의 파도 역시 닿기도 직전에 잔뜩 얼어붙더니 쩌거걱 갈라지다 잘게 부서졌다.

"캬. 이건 그래도 좀 아플 거라 생각했는데 좀 허망하……!"

손오공이 히죽거리다 멈칫한 사이,

"열려라!"

주변 곳곳으로 시커먼 무저갱 수십 개가 열리면서 쇠사슬이 튀어나왔다.

태양로의 힘이 깃들면서 여태껏 여의봉에서 사용했을 때보다 더 강해진 쇠사슬이었다. 반고를 결박시켰던 신진철과 똑같은 것.

촤르르르르르르륵!

"야! 사람이 말할 때는 말 잘라 먹는 거 아니거든!"

여기에 붙잡히면 정말 위험했다.

손오공은 바닥을 박차며 수직으로 치솟아 올랐다. 수십 개의 쇠사슬도 일제히 방향을 꺾으면서 녀석을 쫓아 움직였다. 손오공은 어떻게든 쇠사슬을 뿌리치려고 했지만, 지호의 화안금정이 계속 그를 쫓았다.

이대로 안 되겠다고 생각했는지. 손오공이 손날을 바짝 세우면서 쇠사슬을 모두 잘라 내려 했다.

그 순간,

콰아아아아아아!

갑자기 주변으로 공간이 열리면서 다른 것들이 일제히 튀어나왔다.

먼저 소호 금천.

쩌저저저저적!

별안간 손오공 옆으로 튀어나와 검을 세게 찔러 넣는다. 모든 것을 관통하는 검.

손오공은 손등으로 검을 후려쳤다.

강한 반발과 함께 소호 금천이 저만치 물러나 아슬아슬하게 서 있는 나무에 탁! 하고 착지한다.

"허신께서 올 줄은 몰랐는데?"

"나 역시 주인의 전생을 이렇게 만나게 될 줄은 몰랐네만."

"후우! 우리 애송이, 제법 많이 컸는데? 이렇게 도와주는 사람도 많고."

"크기만 컸겠나. 마음도 넓어졌지."

그 말과 동시에,

좌악! 좌악! 좌악!

곳곳에서 공간이 열렸다.

야마가 차가운 눈을 하고서 기다란 창으로 찌르고, 이예가 나타나 허공에다 대고 소증을 잇달아 쏘아 댄다. 홍해아는 파초선으로 검붉은 마기를 태운 겁풍을 일으켰다.

마해의 하늘을 뒤덮는 수백 수천 개의 빛줄기와 겁풍이 잇달아 손오공을 흔들어 놓았다. 촤르르르륵, 쇠사슬이 그런 불폭풍 사이로 비집고 들어가면서 빈틈을 노렸다.

하지만 그 순간,

화아아아악!

갑자기 손오공 뒤편으로 끝도 보이지 않는 거대한 뭔가가 잔상처럼 보인다 싶더니, 거대한 손바닥으로 바닥을 찍어눌렀다.

마치 사람이 개미집을 손으로 뭉개 버리듯. 거인의 잔상이 내려친 손바닥은 너무나 간단하게 야마 일행의 공세를 모두 흩어 버렸다.

심지어 반고마저 속박했던 쇠사슬까지도!

쿠우우우우우우웅.

잔상의 손바닥이 내려앉은 자리에는 수십 킬로미터에 달하는 구덩이가 파였다. 거대한 흙먼지가 치솟고, 바닥에 새카만 그을음이 남았다.

손오공은 그 중심에 있었다. 팔짱을 낀 채로, 너무나 여유로워 보이기까지 했다.

옷깃에 먼지 하나 묻지 않은 말끔한 모습.

전력을 다해 공세를 가했던 소호 금천 등은 순간 등골이 오싹해지고 말았다.

"제천대성, 다시 현신하고 나서 말은 많이 들어 봤지만. 이 정도였나? 아무리 반고를 삼켰다고 해도 기본 바탕이 부족하다면 절대 이럴 수가 없을 터인데."

"말도 안 돼……!"

"으으으음."

자신들을 너무나 쉽게 압도하는 기세.

이곳이 지호의 영역이며, 자신들에게는 이점이 가득한

세상이라는 걸 감안한다면, 이건 정말이지 말도 안 되는 일이었다.

소호 금천은 표정이 잔뜩 굳었다. 옛 수미산에서 려나 희도 저만한 힘을 보이지 않았던 것을 떠올린다면 이건 도무지 숙고할 수 없는 일이었다. 이대로는 세상 자체가 손오공이라는 무게를 견디지 못하고 짜부라질 수가 있었다.

이예는 동궁이 살짝 떨렸다. 그는 옥황상제에게 대항해도 느끼지 못했던 '두려움'을 자신이 느끼고 있다는 사실에 당혹해 했다. 이건 숫제 우마왕을 만났을 때와 느낌이 비슷했다.

홍해아도 마찬가지. 망자의 염을 손에 넣어 이제 어느 정도 실력에 자신이 있던 그로서는 다시 한 번 거대한 절벽을 마주한 듯한 기분이었다.

고오오오오오오!

이미 마해는 손오공의 영역이라고 해도 절대 이상하지 않았다.

풍기는 기운하며 주위를 압도하는 기세까지.

전부 손오공이 지배하고 있었다.

특히 오랫동안 손오공과 손을 잡고 저승을 탈환하기 위해 같이 싸웠던 야마로서는 눈동자가 크게 요동쳤다.

"제천대성!"

손오공의 눈웃음이 그쪽으로 향했다.

"왜?"

"대체 뭘 하고 싶은 것이더냐?"

"말했듯이, 난 싸울 생각 없어. 여의봉만 내놔. 그럼 다른 말은 안 할 테니까."

"그대는 대체……!"

"아니. 내 물건 내가 그냥 돌려받겠다는데, 그게 잘못된 일이냐? 이거 완전 순 양아치들이네?"

"이이……!"

야마가 뭐라고 말하려는데,

"다들 그만해."

지호가 단번에 말허리를 잘랐다.

그는 어느 때보다도 표정이 진지했다.

"이봐요, 돌 원숭이."

손오공이 인상을 팍 찡그렸다.

"너 이 새끼? 그거 누가 가르쳐 줬어? 삼장 놈이 가르쳐 줬어? 아닌데? 그놈 분명히 지금 어디 누워 있을 건데? 그럼 팔계 놈인가? 뭐야? 누구 만난 거냐?"

"알게 뭡니까. 돌 원숭이 보고 돌 원숭이라고 그러지. 돌대가리보단 낫잖아요? 아니면? 아, 틀니 딱딱이라는 표현이 그렇게 좋았어요? 그럼 그렇게 계속 불러 줘요?"

손오공의 이마 위로 십자 혈관이 잔뜩 돋았다.

"너 은근히 말본새가 많이 싸가지 없어졌다?"

"어디 사는 나이 많은 틀니 낀 돌 원숭이한테 배웠걸랑요."

"이 개 같……!"

"할 줄 아는 말이 그거밖에 없나. 역시 늙어도 곱게 늙어야 해."

손오공이 부글부글 끓는 얼굴이 되었다.

지호가 한쪽 입술을 말아 올리면서 픽 하고 웃었다. 그러더니 갑자기 여의봉을 꺼내 바닥에다 꽂았다.

"원하는 거. 이거랬죠?"

손오공이 눈을 게슴츠레 좁혔다.

의심 가득한 눈빛.

"뭘 하려고?"

"보는 그대롭니다. 이걸 두고, 제대로 한 번 붙어 보자고요."

손오공이 재미있다는 듯이 히죽 웃는다. 그러다 고개를 외로 꺾었다.

"어떻게? 주먹으로?"

"하여간. 할 줄 아는 것도 그거밖에 없죠?"

손오공의 꽉 쥔 주먹이 부르르 떨리는 게 보였다.

지호는 그제야 속이 조금이나마 뻥 뚫리는 것만 같았다. 그동안 저 양반 때문에 고생했던 거 생각만 하면 이 정도는 약과였다.

"전 말이죠. 오공이 뭔가 다른 꿍꿍이가 있다고 해도 그게 절 해할 거라고 생각지는 않거든요?"

"……."

손오공은 잠시간 말이 없었다. 허를 찔린 것 같은 표정.

"그러니 뭐라도 좋으니까 말 좀 해 봐요. 대체 해야 할 일이란 게 뭔데요?"

피식.

손오공은 바람 빠지는 소리를 냈다.

"뭐 날 믿어 준다니 조금 감동이긴 하다만. 야, 그럼 믿어 주는 김에 그냥 말없이 그거 주면 안 되냐?"

지호는 여의봉을 힐끔 쳐다봤다.

"그게 쉽지가 않네요. 아시다시피 저도 정이 많이 들어서."

징. 징. 징.

여의봉 속에 깃든 청룡이 당연하다면서 울어 댔다.

"으으으으음."

손오공은 팔짱을 끼면서 뭔가를 고민하는 척하다가, 이내 고개를 가로저었다.

"안 되겠다. 역시."

"하아! 끝까지 비밀 많은 남자, 뭐 그런 겁니까?"

"아마도?"

"계속 그런 식이시면. 뭐. 저도 어쩔 수 없죠."

지호는 한숨을 푹 내쉬더니 입을 열었다.

"모두 물러나. 그리고 아무도 방해하지 못하게 지켜."

신의 목소리로 소호 금천 등에게 지시 사항을 내린다. 야마가 위험하다며 소리치려고 했지만, 이미 지호의 의지에 따라 마해 밖으로 밀려나고 말았다.

여의봉을 따라 방출된 기운이 마해를 뒤덮는다.

모든 것이 방출되고 지호와 손오공만이 남은 세상.

손오공은 결계로 뒤덮인 세상을 보더니 가볍게 웃었다.

지호와 자신을 잇는 영혼의 결계.

이게 무슨 뜻인지 알아차린 것이다.

"모든 걸, 걸라는 거냐?"

"예."

"지면, 네 인격이 소멸하게 되는데도?"

지호는 서로의 모든 것을 걸자 이야기하고 있었다.

이기는 사람이 진짜 영혼의 주인이 되는 싸움.

하지만 지호로서는 이렇게 해야만 손오공이 뭘 노리는지 알 수 있을 것 같았다.

"어차피 저나 오공이나 같은 사람이니까요. 누가 이기든 상관없겠죠. 다만, 저로서는 더 이상 오공이 제 눈 밖에서 돌아다니는 걸 보지 못하겠습니다."

진지한 태도.

손오공이 기괴한 웃음소리를 터뜨렸다.

"크크크크. 우리 애송이."

그것은 곧 광소가 되었다가 뚝 그쳤다.

"많이 컸다, 진짜."

뚜두둑. 뚜둑.

손오공은 가볍게 어깨를 풀었다.

육체가 크게 중요치 않은 몸이라 형식적인 버릇이거나 자세 변환에 불과하건만.

지호는 그를 따라 흐르는 공기가 미묘하게 달라진 것 같다는 생각이 들었다.

여태껏 장난기가 가득했다면.

이제는,

'투기(鬪氣)로 가득해.'

진심으로 싸워 보겠다는 투가 담긴 것이다.

무엇보다 투기 속에는 짙은 살의가 숨어 있었다.

여차하면 정말 널 죽일지도 모른다는 뜻.

지호는 손끝이 찌릿찌릿해졌다. 등골이 오싹해졌다. 간담이 서늘해졌다.

하지만 절대 이건 나쁜 의미가 아니었다.

'오공이…… 날 인정해 주고 있다.'

언제나 손오공에게 애송이, 애송이, 늘 어린아이로만 취급을 받았기 때문에 그런 태도가 반갑기만 했다. 그리고 이제는 손오공이 아니어도 자신이 얼마든지 일어날 수 있다는 것을 보여 주고 싶었다.

호승심.

독립심.

다른 뭐라고 표현을 해도 좋다.

지호는 그냥 지금 이 순간이 기뻤다.

손오공의 노림수가 무엇이건. 그가 뭘 하려건 간에, 모든 걸 떠나서 지금 이 순간이 즐거웠다.

그래서 그 역시 모든 기운을 개방하며 손끝으로 잔뜩 힘을 끌어모았다.

"다시 한 번 더 물으마. 방금 그 말, 후회하지 않을 자신 있냐? 나중에 물러 달라고 하면 뒈져."

"오공이야말로 실컷 두들겨 맞고 볼썽사납게 바짓가랑

이 잡고 질질 짜지나 마세요."

손오공이 고개를 절레절레 흔들었다.

"카! 새끼, 진짜 한 마디를 안 지네."

"누구한테 배웠는데요."

"누가 그리 가르치던?"

"어디 사는 틀니 낀 돌 원숭이한테서요."

"그래. 그럼 그 돌 원숭이한테 어디 한 번 겁나 두들겨 맞아 보자."

"잘 됐네요. 저도 돌 원숭이한테 좀 쌓인 게 많아서."

그 말과 함께,

콰아아아아아아앙!

둘이서 다시 충돌했다.

* * *

"대체 무슨 일이 벌어지는 거지? 지호와 제천대성이 왜 싸운단 말인가!"

야마는 정말이지 너무 혼란스러웠다.

지호는 자신의 연인이며 손오공은 자신의 조력자였다.

그리고 오래전에 헤어져야만 했던 옛 연인의 영혼을 품은 자들이기도 하지 않은가!

그런데 어째서 싸워야 하는 거지?

대체 왜?

이미 그들은 마해에서 튕겨 나 저승으로 완전히 올라온 상태였다.

다시 축지를 밟아 넘어가고 싶어도 단단한 뭔가가 그들을 막고 있었다.

지호의 권역 선포가 그들의 접근을 막는 것이리라.

그럴수록 야마의 가슴은 더더욱 타들어 갔다.

"주군이 제천대성을 이길 확률, 얼마나 될 거라 보십니까?"

그때 이예가 침중한 표정으로 마해 쪽을 살피다 소호 금천을 돌아봤다.

"글쎄. 뭐라고 하기가 어렵군."

소호 금천의 안색은 조금 어두웠다.

"알다시피 나는 그를 잘 알지 못한다네. 그동안 허신으로 지낸 세월이 너무 길어 그에 대해서는 잘 들어 본 적이 없으니까. 하지만 여태껏 주인에게서 들은 이야기나, 영혼의 단면을 읽어 본 기억에 의하면……."

「조금 힘들지도.」

「위험할지도 몰라.」

답변은 바로 머리 위에서 들려왔다.

역시나 그들과 마찬가지로 상황을 지켜보고 있는 허신들.

이예는 잠깐 고개를 들었다가 이내 무겁게 끄덕였다.

"확실히. 제천대성의 전투 감각은 절대 무시할 수 있는 수준이 아니지요."

이예는 오래전부터 줄곧 손오공이 벌였던 활약상에 대해서 알고 있었다.

과거에도 한 차례 있었던 72마신의 봉인 해제. 그것을 수습했으며, 절교를 한 차례 멸망 직전까지 몰아갔고, 황이 되지 않았음에도 불구하고 혼자만의 힘으로 옥황상제와 동급의 자리에 올랐던 자.

그리고 무엇보다 지금은,

"문제는 지금은 거기에 힘까지 품었다는 것이지. 다른 이들은 염두에 두지도 못한 반고를 어떻게 소화시킨 것인지……."

반고는 수미산의 재료인 것과 동시에 거대한 에너지 덩어리다. 더 넓은 의미로 치자면 우주가 있게 했던 빅뱅과 같은 것.

그것을 삼킨다고?

옛 삼황조차도 신진철로 묶는 것이 고작이었던 존재였다.

그런 걸 삼킨다고 삼켜질까?

과연?

"어쩌면 제천대성은 지금 이 순간에도 반고가 주는 끔찍한 고통을 계속 참고 있는 중인지도 모르지. 다만, 아주 천천히라도 그걸 조금씩 걸러 내는 것일지도."

이예는 뭔가 뜨이는 게 있었다.

"금천, 그 말씀은……?"

야마도 뭔가 이상한 낌새를 눈치챘는지 눈을 동그랗게 뜨며 소호 금천을 돌아봤다.

"마지막 제천대성의 얼굴, 보지 못했나?"

"어땠…… 길래?"

"웃고 있었다네."

"예?"

소호 금천이 입가에 엷은 미소를 띠었다.

"아주 재미있어 미치겠다는 듯이. 정말 즐거워 보였다네."

* * *

지호와 손오공의 싸움은 한 치의 양보도 없었다.

오로지 상대방을 찍어 누르겠다는 일념 하나로.

둘은 전력을 다해 부딪쳤다.

콰콰콰콰콰콰콰콰콰!

뇌벽세와 뇌벽세가 충돌한다.

샛노란 뇌전이 사방으로 잇달아 퍼지면서 마해에 거대한 불을 지피고, 어마어마한 양의 에너지 충돌로 지각이 뒤집히면서 숲이 그대로 뒤집어졌다.

덕분에 수미산이 만들어진 이래 영겁에 가까운 세월 동안 마해에서 살았던 마수며 마물들이 가장 큰 피해를 입었다.

언제나 약육강식으로 강한 존재만이 살았던 곳.

하지만 그들과는 비교도 할 수 없는 격이 높은 존재가 나타나자 모든 게 달라졌다.

그들의 거처는 파헤쳐지고, 생태계는 철저하게 망가졌다.

마물이 죽어 생긴 에너지는 그대로 지호와 손오공에게로 빨려 들어가면서 새로운 형태로 전환되었다.

콰콰콰콰콰콰콰!

지호가 주먹을 힘껏 내지르자, 황금색 빛줄기가 수십 갈래로 나뉘어지면서 손오공을 뒤쫓는다.

손오공은 합장을 했다가 전신에 불길을 두르면서 몸을 한 바퀴 돌았다. 그러면서 합장을 풀었다. 손바닥에서 풀려

난 불길이 거대한 불꽃 회오리바람을 그렸다.

콰르르르르르르릉!

불꽃 회오리는 황금색 빛줄기를 모두 집어삼킬 뿐만 아니라, 단숨에 크기를 몇 배로 확장시키면서 지호에게로 치달았다.

지호는 손날을 바짝 세워 공간을 비스듬하게 그었다.

촤아아아아악!

그러자 회오리에 단층이 생기면서 단숨에 잘려 나갔다. 힘을 잃은 불꽃이 사방팔방으로 퍼져 하늘에 닿고, 땅에 우수수 떨어졌다.

세상이 온통 불바다로 변했다.

하지만 지호는 전혀 아랑곳하지 않고 불바다를 헤집으면서 손오공에게로 치달아 면전으로 무릎을 찍어 올렸다.

"흡!"

손오공은 양손을 끌어모아 가까스로 공세를 막아 냈다.

하지만 그러거나 말거나 지호는 더더욱 힘을 주었다.

콰드드드득.

손바닥이 그대로 으깨지며 박살이 나 버린다.

지호는 거기에서 아래쪽으로 제비를 돌면서 연거푸 공세를 퍼부었다.

퍼퍼퍼퍼퍼퍼펑!

그리고 이어지는 육탄전.

지호는 여태껏 손오공에게 쌓였던 것들을 모두 털어 버리기라도 하려는 것처럼 한 차례도 쉬지 않았다. 금강포와 화염륜, 뇌벽세를 잇달아 터뜨리는 까닭에 공력은 연거푸 소진되었다.

그럴 때마다 손오공은 계속 밀려났다.

팔이 으스러지고, 옆구리에 구멍이 뚫리며, 허벅지가 반쯤 날아가다시피 했다. 옷이 찢어지면서 새카만 그을음이 남기도 했다.

하지만 그럴 때마다 손오공은 으스러진 팔을 단숨에 복구시켜 지호의 옆구리를 때리고, 구멍이 뚫린 옆구리를 다시 메우며 슬격(무릎 차기)으로 명치를 찍으며, 날아간 허벅지를 원상 복구시키면서 손날을 세워 지호의 목을 쳤다.

둘은 서로 주거니 받거니 하면서 몇 번이고 몸이 부서지고 찢어졌다가, 다시 복구시키면서 부딪치기를 반복했다.

마치 서로를 죽이는 것 외에는 일절 생각해 본 게 없다는 듯.

콰드드드드드드득!

그때 지호가 시뻘건 불길을 뚫고 손을 뻗어 손오공의 어깨를 붙잡더니 그대로 뜯어 버렸다. 마치 어린아이가 잠자리의 날개를 뜯듯이.

하지만 손오공은 팔이 날아가는 데도 눈 하나 깜빡하지 않고 왼손으로 지호의 머리를 덮었다.

그리고 일어나는 폭발.

콰아아아아아아아아앙!

쿠쿠쿠쿠쿠쿠!

어마어마한 격동을 따라 지호가 한참이나 튕겨 나다가 지면에 착지했다. 주변은 온통 깡그리 쓸려 나가 그를 받쳐 줄 만한 것이 없었다. 지나간 자리로 짙은 고랑이 남았다.

"하아…… 하아…… 하아……!"

지호는 거칠게 숨을 토했다. 그는 이미 전신이 엉망이었다.

"젠장. 정말 미치겠네."

그는 뭔가 마음에 들지 않는다는 듯. 인상을 와락 찡그렸다. 생각하면 할수록 마음에 들지 않는다는 투였다.

그때 먼지를 헤집고 손오공이 나타났다.

뚜벅. 뚜벅.

"뭐야? 이게 전부냐? 그럼 좀 억울한데? 고작 이런 걸로 잘난 척한 거야?"

손오공이 연신 히죽거린다. 그의 오른팔은 날아가고 없고, 왼팔은 뼈가 튀어나오고 근육이 으스러질 정도로 뒤집혀 있었지만, 신기하게도 가볍게 털어 버리자 금세 원래대로 돌아왔다. 없어졌던 오른팔도 다시 돌아왔다.

"좀비도 아니고, 진짜. 저게 뭐냐고."

지호는 손오공을 보면 볼수록 이가 잔뜩 갈렸다.

부딪치고, 부딪치고, 또 부딪친다.

그럴수록 느끼는 건 딱 하나.

벽.

저건 손오공의 탈을 썼을 뿐이지, 절대 손오공이라 할 수가 없었다.

단단한 뭔가가 있어서 계속 부딪쳐도 그때마다 아무렇지 않게 튕겨 낸다.

그걸 어떻게든 깨 보려고 해서 흠집을 내더라도, 벽 안쪽에 무한에 가까운 에너지가 있어 단순히 그걸 방출하는 것만으로도 지호를 튕겨 내고 흠집을 지워 버린다. 아니, 오히려 벽을 더 탄탄하게 쌓아 버린다.

그것이 반고의 정수라는 것쯤은 쉽게 알 수 있었다.

콰드득. 콰득.

손오공의 몸에서 쉴 새 없이 뭔가가 으스러졌다가 다시 조립되는 소리가 들린다. 그러다 조립이 완료된 곳에서는 새하얀 빛무리가 감돌았다.

지호는 그게 뭔지 알 것 같았다.

자신도 방금 전까지 겪었던 것이었으니.

"지금 절 도구로 쓰는 거 맞죠?"

"어라? 눈치챘냐?"

"하! 진짜 돌 원숭이 잔대가리는……."

"크크크. 모든 걸 사용할 수 있어야 진정한 강자지. 이제 좀 한 수 배울 수 있겠냐?"

"역시."

사실 손오공은 반고를 전부 흡수한 게 아니었다.

그저 수용만 하고 있을 뿐.

그것을 모두 소화하기엔 시간이 역부족이었던 데다가, 양이 너무 많았다.

그래서 손오공은 소화를 촉진시키기 위해 고의로 지호와 충돌했다. 속이 더부룩할 때에 가볍게 몸을 움직여 주는 것처럼, 손오공도 지호와의 충돌로 반고를 빠른 속도로 흡수시키고 있었다.

'이러니 싸움이 끝나질 않지.'

무엇보다도 손오공은 지금 이 싸움을 너무 즐기고 있었다.

"아무리 봐도 변태야……."

"뭐 인마?"

"맞는 걸 저렇게 즐기는데…… 이길 수 있을 리가 없지."

"너 이 새끼, 일부러 속으로 생각하는 척하면서 입으로 말하는 거지?"

"흐으. 눈치챘어요? 그 정도 눈치는 있으시나 보네."

"뒈질래?"

"오공 관짝은 제가 덮어 드린다니까요?"

지호는 여유롭게 대답했지만 속은 그렇질 못했다.

이대로는 정말 위험하다는 생각이 몇 번이고 들었으니까.

'게다가 오공의 속마음도 읽어지질 않아.'

자신의 권역이니 속내를 쉽게 읽을 수 있지 않을까 했지만, 손오공의 영혼에 닿으려고만 하면 반고의 에너지가 튀어나와 자꾸만 방해를 해 댔다.

다른 방법이 필요했다.

조금 다른 방법이.

"하여간 네 주댕이부터 어떻게 하지 않으면 안 되겠구나."

손오공이 땅을 박찬다.

"이건 상제 녀석한테나 보여 주려고 했지만."

쐐애애애애액!

화살이 되어 지호의 바로 눈앞까지 도착했다.

"나도 좀 급하니까, 서두르자."

손오공이 손을 뻗어 지호의 얼굴을 덮쳐 간다. 지호가 그의 손을 맞잡는 순간,

화아아아아아악!

갑자기 손오공이 여태 갈무리하고 있던 반고의 에너지를 전부 개방했다.

크오오오오오오오오오!

그러자 손오공의 탈을 쓴 반고이면서도, 반고의 탈을 쓴 손오공이기도 한 그가 수만 수억 배, 아니, 그조차도 훨씬 넘는 크기로 불어난 태초의 거인이 되어 지호를 마해보다도 더 깊은 아래쪽으로 처박아 버리고,

쿠쿠쿠쿠쿠쿠쿠.

몸을 천천히 일으키기 시작했다.

마해가 금방이라도 부서질 듯이 크게 흔들렸다.

손오공을 둘러싼 빛무리가 조금씩 가신다.

그러자 드러나는 것은 새하얀 털과 붉은 눈을 가진 거인.

그것은 손오공을 닮기도 하고, 반고를 닮기도 했다.

손오공은 오른쪽 손바닥 아래에 지호가 꼼짝없이 갇힌 걸 확인하고, 저 멀리 꽂혀 있는 여의봉이 있는 곳으로 왼손을 뻗었다.

하지만,

크르륵?

무언가가 오른손을 끌어당긴다 싶더니,

쿠어어어어어!

오른쪽 어깨가 통째로 지면에 틀어박혔다.

그리고 터지는 빛무리.

콰아아아아앙!

손오공의 오른쪽 어깨가 그대로 박살이 났다. 황금색 빛무리를 뚫고, 지호가 빠른 속도로 튀어 오르면서 단숨에 녀석의 얼굴까지 치달았다. 이를 바득바득 갈면서.

"젠장! 달 보고 변신하는 것도 아니고 이게 무슨 짓이냐고!"

지호는 어렸을 때 재미있게 봤던 만화책을 떠올리면서 뇌벽세를 손바닥에 잔뜩 끌어모아 손오공의 콧잔등에 터뜨리려고 했다.

하지만 그보다 먼저 웬만한 산맥보다도 더 큰 손오공의 왼 주먹이 날아들었다.

퍼어어어억!

마치 피부에 달라붙은 파리를 내쫓으려는 것처럼. 지호는 단번에 튕겨 났다. 겨우 끌어모은 뇌벽세가 허공에 아무렇게나 흩어졌다.

지호는 저 멀리, 언덕에 처박혔다.

콰아아앙!

"크윽……!"

덤프트럭에 치인 것처럼 골이 울렸다. 정신이 울리고 속이 메스꺼웠다. 몸이 자기 것이 아닌 듯한 기분에 현기증이 돌았다.

지호는 억지로 정신을 차리고 눈을 뜨려 하자마자 주먹이 면전까지 닿아 있는 것을 알았다. 어느새 복구한 손오공의 오른팔이었다.

정면으로 맞닥뜨려서는 힘에서 밀릴 수밖에 없었다.

지호는 축지를 밟았다.

팟!

나타난 곳은 정반대쪽.

하지만 어떻게 알아낸 건지 그곳으로도 어느새 주먹이 날아오고 있었다.

지호는 다시 축지를 밟았다.

팟! 팟! 팟!

하지만 축지를 밟을 때마다 어김없이 주먹이 날아들었다. 마치 네가 어디로 움직일지 모두 파악하고 있다는 듯, 어디로 가더라도 손오공은 기가 막히게 지호의 움직임을 포착해 냈다.

'화안금정!'

지호는 그게 가능한 이유를 알 것 같았다.

'손오공의 화안금정이 나보다 한 수 위인 거야. 반고의 에너지를 그쪽으로 전개하는 건가……?'

문제는 손오공의 화안금정이 발달하면 발달할수록,

콰아앙! 콰아아앙!

지호를 포착하는 속도는 훨씬 빨라지며,

콰아아아아앙!

위력도 그만큼 곱절로 늘어난다는 점이었다.

지호는 공간을 열자마자 하늘을 뒤덮는 거대한 가림막을 어떻게든 버텨 냈다. 하지만 이전보다 훨씬 커진 위력 때문에 얼마나 깊을지 모를 만큼 지면을 한참이나 파고들었다.

구덩이는 장장 수십 킬로미터에 달했다. 먼지구름이 사방으로 치솟아 대기는 어느새 희뿌연 먼지만 가득했다.

"제기랄……!"

지호는 이를 악물고 주먹을 세게 쥐어 가림막을 후려쳤다.

황금색 빛무리가 터지면서 불꽃과 뇌전이 튀어 가림막을 부쉈지만, 이번에는 다른 손바닥이 내려와 그를 더 깊숙한 곳으로 처박았다.

"큭!"

시간이 지나면 지날수록 더 강해진다. 반고의 에너지를 더더욱 빠른 속도로 소화하는 게 틀림없었다.

그럴수록 지호는 위태로워졌지만, 어떻게든 버텼다.

'이래서는 승산이 없어.'

지호는 아랫입술을 질끈 깨물었다.

직접적으로 충돌해서는 손오공의 소화만을 도울 뿐이다.

지호는 이곳에 맺혀 있는 상(像)을 해제시켰다.

그러자 그를 이루고 있던 성분들이 바람결에 확 하고 흩어졌다.

대신에 마해 전체를 뒤덮고 있는 현상적 의지에 힘이 가해졌다.

크어어어어어어어!

손오공은 더 이상 마해에 지호가 없고, 대신에 주변 곳곳에 그의 눈이 있다는 사실을 알고 몸을 일으키려 했다. 마해가 그만큼 떨린다.

쿠쿠쿠쿠쿠쿠쿠.

몸 전체를 일으킨다면 마해 쯤은 쉽게 부서지고, 저승을 지나 이승에까지 닿으리라. 그것이 바로 반고라는 존재일 테니.

하지만 녀석은 여전히 찌뿌듯한 자세만 유지하고 있을 뿐, 마해의 영역을 완전히 벗어나지 못하고 있었다.

지호의 구속이었다.

마해는 지호가 선포한 영역이자, 그가 이승까지 확장한

영혼의 한쪽 구석.

당연히 공간의 제약을 받을 수밖에 없었다.

그러나 빠른 속도로 소화를 완성해 가는 손오공은 이마저도 금방 떨쳐 낼 기세였다. 손을 더듬거릴 때마다 공간에 물결이 그려졌다. 이데아에 간섭을 해서 마해 어딘가에 맺혀 있을 본질, 즉, 지호의 핵(核)을 찾아내려는 것이다.

지호는 손오공을 더 단단히 묶기 위해서 새로운 제약을 가했다.

두우우우웅.

하늘을 따라 가득히 퍼지는 범종 소리. 우보였다.

손오공을 억누르는 공간의 압력이 거세졌다. 양쪽 어깨가 무언가에 짓눌렸지만,

차아아아아앙!

손오공은 어깨를 가볍게 털어 버리는 것으로 우보를 떨쳐 냈다.

그리고 다시 시도하는 기립.

지호는 그럴 때마다 우보를 연거푸 전개했다.

두우웅. 두우웅. 두우우웅.

한 번이 안 된다면 세 번을.

두우우우우웅!

세 번이 안 된다면 네 번, 다섯 번을.

그리고 마지막 일곱 번까지.

손오공이 우보를 떨쳐 내고 깨뜨릴 때마다, 지호는 우보를 계속 전개하면서 공간의 압박을 더더욱 집중시켰다. 최대 일곱 번에 달하는 우보의 효과가 중첩되면서 손오공의 몸이 단단히 얼어붙었다.

여기에 곳곳에서 허무가 열리면서 쇠사슬도 잇달아 쏟아졌다. 대충 헤아려도 족히 수백 수천 개는 될 사슬.

좌르르르르르륵!

그것은 손오공을 완벽하게 구속하기 위해서 손목을, 팔뚝을, 무릎을, 머리통을, 전신을 누에고치처럼 몇 번이고 칭칭 감았다.

하지만 손오공은 그마저도 극복해 냈다.

어느새 반고의 에너지를 7할 가까이 흡수하면서 몸을 거칠게 움직여 쇠사슬을 모두 끊어 내고, 우보마저도 부쉈다.

그리고 공간을 헤집으면서 그 안에 있던 지호를 잡아 강제로 끌어냈다.

"……!"

—미안하지만, 너의 지위. 내가 가져야겠어.

손오공은 미안하다는 말과는 달리 전혀 거리낌 없이 입

을 쩍 벌리면서 지호를 삼키려 했다.

그 속에는 지호가 여태껏 부렸던 허무보다 더 깊은 허무가 있었다. 반고라는 거대한 존재마저도 삼켜 버렸던 허무.

응룡에게 삼켜졌을 때가 떠올랐다.

하지만 손오공의 시도는 다시 수포로 돌아갔다.

내가 안 되면 너도 안 되게 한다.

전형적인 놀부 심보를 발휘하면서 이번에는 우보를 손오공이 아닌, 자신에게 덧씌운 것이다.

공간이 굴절되면서 손오공의 허무가 미묘한 방향으로 어긋났다.

'어쩌면……!'

지호는 이것이 통한다는 사실을 깨닫고 단숨에 우보를 일곱 번 내리 밟아 자신을 둘러싼 공간의 영역을 주변 공간과 유리(遊離)시켰고, 밖으로 펼쳐 놨던 존재의 영역도 아주 협소한 상의 영역으로 축소시켰다.

그러자 새로운 세상이 열렸다.

기존 공간과 분리된 지호의 공간은 어마어마한 질량을 갖고 움직이기 시작했으며, 기존에 있는 시간의 축에서도 완전히 분리되어 따로 가동되었다.

덕분에 지호를 제외한 모든 것이 느려졌다.

지호는 무수히 많은 현상들을 일일이 관찰할 수 있었다.

손오공의 손짓, 발짓, 치솟는 먼지구름, 떨어지는 먼지 알갱이, 떠도는 대기.

원래는 '느낄' 수 있었던 것이 이제는 '관찰'의 영역으로 들어서면서. 기존에 정립되어 있던 법칙에서도 조금씩 분리되면서.

지호는 또다시 새로운 영역에 발을 내디딜 수 있었다.

어찌 보면, 그것은 새로운 깨달음이었다.

여태껏 손오공의 가르침으로, 묘성과 응룡의 도움으로, 삼장 법사의 조언으로, 려와의 결합으로 매번 새로운 경지를 개척했지만, 그것은 지호가 스스로 터득한 것들이 아니었다.

하지만 이건 달랐다.

정신없이 싸우던 와중에 받은 가벼운 영감이.

단번에 지호의 영역을 새로운 세계로 끌어들였다.

사고가 가속되고, 행동이 민첩해졌다. 무엇보다 감각이 훨씬 더 짙어졌다.

지호는 유리된 공간을 가지고서, 기존의 공간을 누비기 시작했다.

그것은 빛이었다.

빛의 속도가 되어 도저히 육안이나 감각으로는 따라잡을 수 없을 만큼 빨라져 단숨에 손오공의 턱까지 닿았다. 그리고 주먹을 휘둘렀다.

콰아아아아아앙!

손오공의 머리통이 절반 가까이 날아갔다.

쿠어어어어!

손오공이 고통에 찬 비명을 지르면서 지호를 잡으려 손을 뻗지만, 지호는 이미 그것을 피한 뒤였다.

그 뒤부터 추격전이 시작되었다.

손오공은 어떻게든 화안금정으로 지호를 읽으려 했지만, 지호는 이보다도 더 빨리 달렸다. 상리마저 벗어난 움직임 때문에 손오공이 파악할 수 있는 것은 아무것도 없었다.

'먹힌다!'

지호는 더 이상 무서울 것이 없었다.

기존의 우보가 공간에 한정되어 있다면, 지금 그의 우보는 시간을 간섭했다.

시공간을 마구 누빌 수 있다는 것은 모든 것을 가능케 했다.

손오공의 손가락 틈바구니 사이를 지나 손목을 자르고, 어깨에 착지해 무게를 몇 천 배로 증폭시켜 으스러뜨리면서, 가속을 더해 심장에 구멍을 내 버린다.

크어어어어어어어!

그럴수록 손오공의 복구 속도도 빨라지면서 반고를 흡수

하는 속도도 가속도가 붙었다.

하지만 지호는 손오공을 밀어붙였다.

콰앙! 콰아앙! 콰아아아아아앙!

결국 팔이 뜯겨 나가고, 다리가 떨어졌다. 척추마저 헤집으면서 안쪽으로 파고 들어갔다.

물론 손오공의 반격도 만만치 않았다. 반고를 9할 가까이 흡수했을 즘에는 지호의 패턴을 어느 정도 숙지하면서 맞부딪치기까지 했다.

몸이 언제 부서졌냐는 듯이 재빨리 재생을 해서 부딪치기를 반복해, 그럴 때마다 불길과 뇌전이 사방으로 튀어 마해를 찢고 또 찢어 버렸다.

막상막하.

둘 중 어느 누구도 승기를 양보하지 않았다.

쿠쿠쿠쿠쿠쿠쿠쿠.

그렇게 압도적인 두 존재의 치열한 접전 때문에 마해가 서서히 닫히기 시작했다.

꺼져 가는 암전 속에서.

지호와 손오공은 끝나지 않는 싸움을 계속 벌였다.

*　*　*

몰아(沒我).

무언가에 집중한 나머지 자신을 잊는 상태.

하지만 지호는 조금 달랐다.

손오공과 격전을 치를수록.

반고에 의해 가려졌던 그의 사념이 가득 풍겨와 영혼에 공명을 할 수가 있었다.

손오공의 생각을 읽는 것.

처음부터 그가 바랐던 것이기에, 지호는 거리낌 없이 손오공의 기억을 받아들였다.

하지만 그건 위험천만한 행동이었다.

자신보다도 격이 낮은 존재의 기억을 읽는 것은 그냥 수용할 단순한 정보에 지나지 않는다. 하지만 격이 비슷한 존재, 그것도 같은 영혼의 기억을 받아들인다는 것은 그 존재로 변한다는 뜻이기도 했다.

자칫 지호라는 인격이 사라지고, 손오공이 되어 버릴 수도 있는 일.

하물며 지호가 아무리 커졌어도, 손오공이 품고 있는 기억과 의지의 양은 반고를 수용할 정도로 아주 넓은 것이어서 지호가 섣불리 접근할 수 있는 수준이 아니었다.

식령(食靈)이 될 수도 있었다.

하지만 지호는 전혀 거리낌이 없었다.

이미 자신이라는 존재가 손오공을 만나면서 시작되었다고 해도 될 정도로 큰 영향을 받았듯. 그 자신도 손오공이라는 존재를 온전히 이해하고 싶었으니까.

그는 그만큼 손오공을 알고 싶었다.

그렇기에 더더욱 손오공의 영혼 깊숙한 곳으로 파고들면서.

지호는 점차 또 하나의 손오공이 되어 갔다.

*　　*　　*

몸이 무겁다.

자꾸 잠이 쏟아진다.

"대장? 대장!"

남자는 자신을 흔드는 손길에 게슴츠레 눈을 떴다.

이상하게 몸에 힘이 실리지 않았다. 눈꺼풀이 너무 무거웠다.

"대애자아아아앙! 개…… 아니, 원숭이 새끼야! 좀 일어나라고오오오오!"

그러다 귓가에 왁! 하고 치는 소리에 번쩍 눈을 떴다.

그러자 보이는 사람들.

"대장! 언제까지 이렇게 질펀하게 잠만 잘 거야? 오늘

용궁 놈들이랑 한 따까리 한다면서? 그런데 이렇게 여유 부려도 되는 거야?"

"냅둬. 저러니 대장이지."

"그래도 정도가 있지!"

분명 '낯이 익은' 얼굴들인데.

그런데 왜 이렇게 또 낯설지?

마치 TV 속 드라마에 나오는 연예인들을 실컷 보다가, 실제로 현실에서 만났을 때 사인 좀 부탁하려니 갑자기 이름이 안 떠오르는 거랑 비슷하다.

'잠깐만. 그런데 TV? 드라마? 그건 또 뭐지?'

남자는 머릿속이 뱅글뱅글 도는 것 같았다. 어지러웠다. 이상하게 자꾸만 현기증이 돌았다.

두통 때문에 관자놀이를 쿡 짚으면서 그들에게 물었다.

"그런데."

"왜?"

"저…… 아세요?"

"……."

"……."

사람들의 표정이 싸늘하게 식어 버린다.

전혀 신경 쓰기도 싫다는 투.

몸을 돌리면서 하나둘씩 장내를 떠나기 시작한다.

으, 응? 내가 무슨 잘못이라도 했나? 남자가 안절부절못하는데,

"또 저 지랄이네."

"누가 좀 안 말리냐?"

"돌 원숭이래잖아. 말귀를 알아 처들어야 말이지."

"저, 저……!"

남자가 얼결에 그들을 붙잡으려 손을 뻗었다.

툭. 툭.

그때 누가 남자에게 연거푸 발길질을 해 댔다.

"되도 않는 연기 그만하고. 어서 일어나, 좀! 여기 애들 죄다 기다리는 거 안 보여? 하여간! 느려 터져서는!"

우왁! 남자는 그대로 뒤집어엎어져 땅에 머리부터 처박혔다. 억지로 일어나서 자신에게 발길질한 쪽을 쳐다봤다.

예쁘장하지만 싸늘하기 짝이 없는 얼굴이 남자를 쳐다봤다.

뭐? 꼽냐?, 하는 표정.

남자는 그제야 상대방의 정체가 떠올랐다.

"……선일."

자신의 오른팔이자, 무리의 제일가는 머리. 그리고 한때 유명했던 선인.

한 가지 흠이 있다면,

"뭐?"

좀 싸가지가 없다는 점이랄까.

험, 험! 남자는 가볍게 헛기침을 했다.

"아, 아냐. 아무것도."

선일은 별꼴을 다 보겠다는 듯 다른 무리를 따라갔다.

남자는 가볍게 한숨을 내쉬었다.

쟤네들 내 수하 아니야? 내가 원래 이런 취급을 받았었나?

뭔가 조금 낯설면서도 익숙하고, 또 그러면서도 거리감이 있었다.

남자는 자신이 누군지, 그리고 자신을 따르는 이들 무리가 누군지를 떠올렸다.

자신은 손오공.

화과산을 다스리는 무리의 주인이자, 일국의 왕이며.

이들은 하는 짓이 원숭이랑 똑같다 하여 소위 '원숭이 군단'이라 별명이 붙은 신하들이었다.

누가 그러던가?

바다는 아주 넓다고.

하지만 직접 바다를 목격한 동료들의 생각은 조금 달랐다.

"이건 넓은 정도가 아니잖아! 아주아주아아아아아아주우우우우 넓잖아아아아아아!"

"으아아아아아아! 죽인다아아아아아아!"

수하들이 푸른 바다를 보면서 시끄럽게 떠들건 말건 간에.

손오공은 가만히 쭈그리고 앉아 수면에 비친 자신의 모습을 보고 있었다.

'이게 정말 나라고?'

금색 눈. 하얀 머리. 장난기 가득한 얼굴.

분명 자신의 얼굴이건만. 마구 때려주고 싶다는 생각이 자꾸만 든다.

'진짜 오늘 하루 종일 왜 이러지?'

손오공은 화과산에서 이곳 황해까지 오는 내내. 정신을 제대로 못 차렸다.

이상하게 모든 게 낯설기만 했다.

마치 꿈속을 거니는 것처럼 몽롱했다.

그러면서도 떠오를 건 다 떠올랐다.

자신이 누군지. 자신이 뭘 하는 놈인지. 옛 스승 수보리에게서 어떤 무술을 익히고 어떤 식으로 발전시켰는지. 자신이 얼마나 강한지. 동승신주 모든 이들이 화과산을 얼마나 두려워하는지까지.

'진짜 미치고 환장할 노릇이네.'

뭔가를 놓치고 있는 기분인데.

대체 뭘 잊어버린 거지?

"야, 대장."

그때 선일이 다가왔다.

손오공은 퍼뜩 정신을 차렸다. 의문은 그냥 심연 저 아래로 처박았다.

아, 모르겠다. 나중에 알아서 떠오르겠지.

손오공은 원래의 장난기 많은 모습으로 돌아갔다. 그를 싫어하는 사람들이 '돌 원숭이'라 부르는 모습으로. 입가에 장난기가 가득해진다.

"왜?"

"언제까지 그렇게 어울리지 않게 궁상맞게 굴 거야? 대체 언제 시작하는 건데? 저놈들 죄다 기다리고 있잖아."

손오공은 은하수를 품은 것처럼 두 눈을 반짝반짝 빛내는 수하들을 보면서 인상을 팍 찡그렸다.

나이도 많은 새끼들이 징그럽게.

하지만 왜 저러는지는 알 것 같았다.

놈들은 죄다 자신을 닮아 호기심만 죽어라 많은 놈들이니. 난생처음 용궁을 방문한다는 사실이 즐거워 죽겠지.

'뭐, 내가 봤을 때는 방문보다 잿밥에 더 관심이 많은 것

같지만.'

손오공은 심드렁한 모습으로 소리쳤다.

"다들 준비됐냐?"

"그럼!"

"빨리! 빨리 하자고!"

계속된 재촉에,

"그럼 물어!"

손오공의 허락이 떨어지자, 녀석들은 기다렸다는 듯이 둥근 구슬을 입에 물었다.

피수주(避水珠).

물속에서도 호흡을 할 수 있게 도와주는 보패다. 얼마 전에 서왕모의 창고를 털면서 가져왔던 것들이었다.

"가자!"

손오공이 바닷속으로 풍덩 빠지자, 수하들도 줄기차게 뒤를 따랐다.

그렇게 원숭이 군단이 바다에 입성했다.

댕, 댕, 댕—!

"돌 원숭이다아아아아!"

"돌 원숭이가 나타났다! 돌 원숭이가 용왕님의 보물 창고를 털려고 한다!"

"화과산 원숭이 군단이다! 어떻게든 진입을 저지하라!"

"하, 하지만 놈들이 너무 셉……! 우아아아악!"

바다 속 깊숙한 곳.

동해 용궁은 그야말로 '개 털리듯이' 털리는 중이었다.

원숭이 군단은 저지를 시도하는 군병들을 때려눕히고, 용궁 안쪽으로 들어가 행패를 부렸다. 가장 먼저 보물 창고를 찾아 마구 헤집고 다녔다.

"그러게 좀 도와 달라고 할 때 도와주지. 누가 훼방 놓으래? 덕분에 뒤통수만 얼얼했다고."

손오공은 실컷 두들겨 맞아 얼굴이 찐빵이 되다시피 한 용왕을 보면서 피식 비웃음을 날렸다.

얼마 전에 있었던 곤륜산과의 세력 다툼.

서왕모 쪽과 조금 안 좋은 일이 있어 시비 다툼을 벌이던 와중에 여태 화과산에 억눌려 지냈던 동해 용궁이 이때다 싶어 뒤통수를 갈긴 것이다.

당연히 이를 손오공이 가만히 내버려 둘 리 만무한 일.

대가는 꽤 컸다.

"그보다 뭘 털어야 우리 동해 용왕님께서 야밤에 질질 짜실까?"

용왕의 안색이 보기 좋게 마구 변했다.

"어, 디, 한, 번, 맞, 춰, 보, 세, 요? 오! 이거구나!"

손오공은 보물 창고를 손으로 마구 가리키면서 용왕의 얼굴색을 살피다가, 가장 중심되는 기둥을 가리키자 안색이 노래지는 걸 확인하고 쾌재를 외쳤다.

손오공이 그리로 다가가자, 용왕은 자신이 벌을 서고 있던 처지라는 것도 잊어먹고 벌떡 일어섰다.

"이놈아! 그건 안 된단 말이다, 이놈아아아아아!"

"왜 안 된다는 건데?"

"그것은 옛 우가 사용하던 신진철……!"

"오오! 그렇게 중요한 보물이란 말이지? 그럼 이 제천대성께서 직접 갖고 가셔야겠네."

"사람 말 좀 들으라고, 이 원숭이 새끼야아아아아아!"

퍼억!

손오공은 대충 발끝에 걸린 벼루를 걷어차 올려 용왕을 자빠트리고, 기둥을 그대로 쑥 뽑았다.

그러자,

쿠쿠쿠쿠쿠쿠.

"……어라?"

갑자기 용궁이 무너질 듯이 거칠게 떨렸다.

"이거 진짜 중심 기둥이었어?"

손오공이 계면쩍어하는 표정을 지었다.

어느새 눈을 뜬 용왕이 눈물을 펑펑 쏟으며 소리쳤다.

"내가! 내가 그랬잖아! 그건 안 된다고!"

"말하지."

"말했다고오오오오!"

"아, 그럼 미안."

"으아아아아아!"

놈이 관자놀이를 쥐어뜯으면서 괴로워하건 말건.

용건을 마친 손오공은 수하들을 데리고 재빨리 용궁을 탈출했다.

"이 빌어먹을 대장 같으니!"

"왜?"

"왜긴 왜야! 갑자기 건물 무너지니까 아무것도 할 수 없었잖아!"

"재미있게 놀았잖아?"

"그래도 좀 재미난 장난감을 찾던 중이었다고!"

"아, 그럼 미안."

"성의가 없어! 무성의하다고!"

"그럼 성의 보여 줘?"

"그래!"

수하들이 아쉬움에 툴툴거린다.

손오공은 슬그머니 주먹을 들었다.

"어떻게 보여 줄까?"

"……아냐. 대장. 생각해 보니까 내가 생각이 너무 짧았던 것 같아."

"그렇지?"

손오공은 슬그머니 꼬리를 마는 수하를 보면서 피식 웃었다. 물론 수하는 동료들이 있는 곳에 가서 깡패니, 주먹만 쓸 줄 안다느니, 불만을 토로했지만, '다 들린다'는 한마디에 다시 입을 꾹 다물었다.

'그나저나 이건 어디다 쓰는 물건인고?'

손오공은 용궁에서 쏙 뽑은 기둥을 보면서 묘한 표정을 지었다.

지금은 손에 딱 잡기 좋은 봉의 형태.

뽑자마자 크기가 줄어들더니 이렇게 변한 것이다. 이것만 봐도 보통 물건이 아니었다.

"정말 우가 쓴 보패라면 대단한 건데."

우는 상고 시대를 끝내고 수미산을 분화시켰다는 신화적인 인물. 당연히 그냥 무시하고 지나칠 수가 없었다.

작게 혼잣말로 중얼거리는데, 선일이 나타났다.

"비 맞은 땡중처럼 뭘 그렇게 구시렁거려?"

"아, 이거 때문에."

"용궁에서 갖고 온 전리품이잖아?"

"어. 근데 어떻게 써야 하는 건지 감이 안 잡혀서."

"화안금정으로 봐도?"

"어."

"오. 이리 줘 봐."

선일은 눈썰미가 좋아서 전리품의 가치를 매기는 역할도 했다.

"단단하고, 크기 조절도 자유자재고. 혹시 우가 치수할 때 썼다던 신진철인가?"

"신진철?"

"어. 듣기로……."

선일은 손오공에게 설명을 하려다 말고, 봉의 끝단에 뭔가 적혀 있는 걸 확인했다. 깨알 같이 작은 데다가 흠집이 많아서 글씨인 걸 여태 몰랐다.

그래서 손으로 먼지를 지우면서 겨우겨우 글씨를 읽었다.

"비마질다라, 바치, 경, 궁기공공……? 설마!"

순간, 선일의 안색이 시퍼렇게 질렸다.

영문을 모르는 손오공만 멀뚱히 갸웃거렸다.

"왜 그러는데?"

"대장! 이 물건 위험해! 당장 용궁에 갖……!"

하지만 이미 때는 늦은 뒤였다.

스스스.

명단이 가루가 되어 사라지더니,

화아아악!

어디선가 생겨난 시커먼 먹구름이 화과산을 덮쳤다.

손오공이 미처 어떻게 하기도 전에 암전이 찾아왔다.

—우리를 기나긴 잠에서 깨워 준 공이 지대하니. 너 하나만큼은 살려 두마.

마치 악몽 속에서 들린 목소리처럼 전언은 조금씩 흐릿해졌다.

손오공은 아픈 머리를 겨우 들었다.

"선…… 일?"

봉이 갑자기 폭발하는 것까지는 기억이 났다.

그래서 무슨 일인가 싶어 주변을 둘러보는데.

"……!"

손오공은 잔뜩 얼어붙고 말았다.

온갖 과일나무와 기화이초로 화려했던 화과산은 모두 시커멓게 죽은 사지가 되고, 봉우리는 절반 이상이나 터져 나가고 말았다.

그리고.

여기저기 흩어진 수많은 시신이며 피 웅덩이.

선일을 비롯한 수하들이 모두 죽어 있었다.

"제천대성 손오공을 오행산 면벽행에 처한다!"

이놈들이 드디어 미쳤구나!

감히 내가 누군 줄 알고! 감히! 감히……!

하지만 손오공의 분노는 닿지 못했다.

어쩔 수 없는 일이었다.

수하들이 죽은 날. 마신들이 세상에 풀렸던 날. 손오공이 녀석들을 쫓겠답시고 움직였다가 너무 많은 것들이 망가지고 말았으니까.

천계는 분노했고, 전쟁을 치렀다. 마지막에 석가여래가 나서서 손오공을 찍어 눌렀다.

그만큼 손오공은 광기에 휩싸여 있었다.

"석가! 석가아아아아아!"

"조금만 잠들어 있으려무나. 조금만. 그리하면 다시 눈을 뜰 수 있을 것인즉. 그때 다시 이야기를 나누자꾸나."

석가여래는 자애로운 미소를 띠며 훌쩍 떠났다.

손오공은 신진철에 꽁꽁 묶인 채, 허무로 둘러싸인 오행산이라는 산에 갇혀 몇 번이고 발광했다.

놔라!

수하들이 기다리고 있단 말이다!
이걸 풀라고!
철그럭! 철그럭!
손오공의 광기는 도무지 사그라질 줄 몰랐다.

백 년이 흘렀다.
손오공은 여전히 분노했다.
석가여래! 옥황상제!
내 이곳을 나가기만 한다면 네놈들의 머리통을 술잔 삼아 네놈들의 피를 마실 것이다!
죽여 주마!
이놈들……!

이백 년이 흘렀다.
광기가 조금씩 무뎌졌다.
혼자서 발광하는 것도 한계가 있었다. 탈진하고 말았다.
그러다 지독한 허무감이 찾아왔다.
난 대체 무엇을 바라던 것이었나.
그는 점차 죽은 사람이 되어 갔다.

삼백 년이 흘렀다.

그는 옛 추억을 상기했다.

처음 수보리에게서 무술을 배우고 나서 세상이 좁다하며 마구 날뛰던 일.

그런 자신에게로 모여들던 수하들.

화과산이 좋을 것 같다며 함께 터전을 일구던 날.

모든 게 행복이고, 추억이었던 나날들.

하지만 이제 돌아올 수 없는 시간들.

그렇기에 되찾고 싶은 시기들.

죽어 가던 손오공의 눈동자에 감정이 어렸다.

사백 년이 흘렀다.

손오공은 몇 번이고 자신의 인생을 되짚어 보다가 어느 순간 고개를 들었다.

지독하게 녀석들이 보고 싶었다.

하지만 볼 수 없다는 사실을 알기에 그런 미련은 모두 치워 버렸다.

대신에 손오공은 바깥이 보고 싶었다.

이런 꼴로 만든 놈들을 도로 집어넣어야 한다는 생각과 함께 바깥이 보고 싶었다.

녀석들과 함께 뛰어놀던 세상.

그곳이 어떻게 변했는지를 알고 싶었다.

그리고 오백 년이 흘렀을 때.

"네가 그 돌 원숭이냐?"

처음으로 허무가 열리며 빛이 스며들었다.

다짜고짜 모습을 비춘 이상한 땡중 하나.

삼장 법사였다.

삼장 법사는 정말이지 '땡중' 이었다.

여태껏 손오공이 가식을 떤다며 고개를 절레절레 흔들었던 부처 놈들과는 아예 궤를 달리했다.

녀석은 노는 걸 너무 좋아했다.

언제나 손에는 술병이 쥐어져 있었고, 심심하면 도박이나 오락을 즐기고 살았다. 한 번씩 기루에 들러서 색을 밝히기도 했으니.

'이 새끼, 진짜 석가 제자 맞아?'

손오공은 순간 이놈이 가짜가 아닌가, 자신이 속은 게 아닌가 하고 인상을 찡그리기까지 했다.

"왜? 내가 가짜인 거 같아서 불만이냐?"

"그렇다면?"

"옴……!"

"씨팔! 알았어! 믿으면 되잖아! 믿으며어어언!"

"낄낄낄. 이거 겁나 재미있네."

"빌어먹을 땡중 새끼!"

손오공은 능글능글 웃는 삼장 법사의 낯짝을 주먹으로 한 대 후려치고 싶었지만 차마 그러지 못했다.

머리에 단단히 씌워진 금테, 금고아.

이것이 있는 한 꼼짝없이 놈의 말에 따라야 했으니.

두통을 강하게 줄 뿐만 아니라, 영혼마저 속박하는 탓에 자칫 영혼 자체가 으스러질 수 있었다.

물론 이런 고통에 쉽게 굴복할 손오공은 아니었다.

그러나 그에게는 해야 할 일이 있었다.

'마신. 그놈들을 도로 여의봉에 쳐 넣는다.'

비명에 죽어 간 수하들의 복수를 해야 하지 않겠는가. 이제는 오백 년 전에 천계가 왜 자신을 오행산에다 처박았는지도 알 것 같았다.

그리고 한편으로는 이런 보패를 마음껏 다루는 걸 보니, 삼장 법사가 법력이 형편없는 놈은 아니구나 하는 걸 알 수 있었다. 하는 짓은 영락없는 땡중이지만.

'그나저나. 세상은…… 여전히 달라진 게 없구나.'

오백 년 만에 세상에 나오면 많은 게 달라졌을 줄 알았는데.

하지만 세상은 세상대로 움직이고 있었다. 이런 곳을 자신의 것인 양 그렇게 설치고 다녔으니.

그렇다고 해서 손오공의 성격이 달라진 건 아니었다.

왜 그런 말도 있지 않은가.

사람이 갑자기 달라지면 죽을 날이 얼마 남지 않은 것이라고.

손오공은 여전히 손오공이었다.

그러나 많은 게 달라진 손오공이기도 했다.

삼장 법사와의 여행은 나름 재미있었다.

사형제랍시고 받아들인 동료들 면면이 참 다양했으니까.

식탐 많고 색욕도 많은 저팔계. 언제나 무뚝뚝하지만 늘 중심이 되어 주던 사오정. 달리 말은 하지 않지만 여행이 순조로울 수 있도록 돕는 옥룡.

말도 많고 탈도 많은 여행이었다.

하지만 단연코 나쁘지는 않았다.

아니, 오히려 좋았다.

그렇게 스러진 수하들과의 추억을 떠올릴 수 있었으니까.

그리고 복수를 완료할 수 있었으니까.

—……그대는 분명 려의 파편일진대. 어찌 이런 짓을 저지

르는 거지? 그대가 분노를 표해야 하는 곳은 우리가 아닌 저 곳, 천계다!

여행의 마지막 날.

신진철에 단단히 묶여 허무에 삼켜지기 직전. 통천교주는 그렇게 분노했다.

하지만 손오공은 비웃음을 던졌다.

"몰라. 그딴 거."

그리고 가둬 버렸다.

"다 끝났구나. 정말."

손오공은 모든 게 허탈했다.

분명 놈들을 다 잡고 나면 속이 시원할 줄 알았는데.

왜 이렇게 힘이 쭉 빠지는 거지?

어쩌면 당연한 거지도 몰랐다.

오행산을 나온 이후, 손오공을 지탱해 줬던 가장 큰 동기가 이렇게 사라지고 말았으니까.

"이제 끝내자, 원숭아."

"……그래."

삼장 법사가 손오공의 어깨를 짚었다.

손오공은 무겁게 고개를 끄덕였다.

그리고 72마신의 봉신이 끝난 여의봉을 황하 저 밑바닥에 집어던져 처박았다.

다시는 자신처럼 실수로 여의봉을 꺼내는 녀석이 없도록. 아무도 저것을 찾을 수 없도록. 두 번 다시 후회하지 않도록.

모든 여행이 끝났다.

"이제 다들 뭐할 거냐?"

목표가 사라졌으니 이제 각자의 생활로 흩어져야 할 시기.

"글쎄. 나는 아직 하고 싶은 게 많아서. 여행이나 할래."

저팔계는 이제 맘껏 식탐과 색욕을 채울 수 있겠다면서 길을 떠났다. 쯧. 저러니 부처도 못 되고 정단사자밖에 안 됐지. 하지만 녀석은 그걸로도 만족해하는 눈치였다.

"나는 주군의 곁으로."

사오정은 다시 천계에 올랐다. 옥황상제만이 인생의 모든 것이었던 그는 다시 호위 무사로 돌아갔다.

"삼장, 너는? 올라가냐?"

삼장 법사는 이미 공이 인정되어 천계에서 가장 뜨거운 감자였다. 부처의 자리가 보장되었을 뿐만 아니라, 석가여래의 후계자가 될 거란 가능성도 점쳐졌다.

하지만,

"안 올라가. 귀찮게 무슨. 할 게 얼마나 많은데. 난 이거 정리나 하련다."

삼장 법사가 내민 것은 불경이었다.

"우리가 그렇게 세상을 돌아다녀도 아직 세상에는 근심과 걱정이 가득해. 그런데 그게 전부 어디서 나오는 줄 아냐?"

"어딘데?"

"마음."

"……?"

"모든 건 고집과 핍박에서 시작되는 거야. 마음을 비우고 비워서 공(空)에 이르면 그런 걸 덜어 낼…… 아니다. 돌원숭이한테는 어렵겠다."

"너 이 새끼, 나 지금 무시하는 거지?"

"어허! 스승한테 새끼라니! 놈! 오행산에 더 처박혀 보고 싶으냐?"

"나 지금 금고아 벗었거든?"

"……헤헤헤헤. 우리 사랑스러운 제자님. 궁금한 게 있으면 진즉에 말하지. 이 스승님이 싸게 싸게 설명해 줄 테니까 물어봐. 뭐가 궁금한데?"

손오공은 못 말리겠다는 듯 고개를 절레절레 흔들었다. 그러면서도 입가엔 묘한 미소가 번졌다.

불경을 만지는 삼장 법사의 눈빛.

여행을 다닐 때보다 훨씬 빛나고 있었다.

저런 눈빛, 도박할 때나 보이는 줄 알았는데. 진짜 승려긴 승려였구나.

그리고 한편으로는,

'부러워.'

저런 눈을 가질 수 있다는 사실이.

"마음이라, 마음."

손오공은 삼장 법사처럼 혜안은 지니지 못했어도 살아온 생이 길어 말뜻이 무슨 뜻인지 어렴풋이 알 것 같았다.

하지만,

"아니. 삼장, 나는 그렇게 생각 안 해."

손오공은 조소를 띴다.

"지금 이 세상이 망가진 거? 마음가짐 때문일 수도 있지. 하지만 말이야 그보다 더 근본적인 게 있잖아."

손오공은 고개를 들어 하늘을 봤다.

천계가 있을 하늘.

"창세가 끝났다면서 아직도 들러붙어 있는 놈들. 심심하면 이 세상을 제 입맛대로 건드리는 놈들. 다 치워 버려야지."

새롭게 할 일이 생겼다.

그날.

그는 부처 자리를 걷어찼다.

그때부터 시작되었다.

모든 걸 원래 자리로 되돌려 놓기 위한 손오공의 계획이.

그건 마신을 잡기 위해 천축행을 하는 내내 자신이 고심에 고심을 거듭하며 내린 결론이었다.

절지천통.

아직 땅과 하늘의 단절은 완전히 이뤄지지 않았다.

그렇다면 그걸 이뤄 내면 되지 않은가.

하지만 그걸 수행하기에 자신은 한 줌이 모자라다.

제천대성이라는 칭호를 얻었다 한들 옥황상제보다 한 치가 낮았고, 깨달음을 얻었다 한들 석가여래보다 한 치가 얕았다.

더 올라가고 싶어도 자신은 이미 완성된 존재. 더 이상 성장하기란 어려웠다.

그래서.

'새로운 가능성을 찾자.'

자신이되, 자신이 아닌 존재.

완성되었으되, 완성되지 못한 존재.

'환생.'

손오공은 법칙을 일그러뜨렸다.

수명을 던지며 저 너머에 있는 존재를 찾아냈다.

까만 머리와 까만 눈동자. 독특함이라고는 찾아볼 수도 없는 모습. 격이 낮은 몰골.

하지만 딱 처음 보는 순간 알 수 있었다.

녀석은, '나'다.

"당신은…… 누굽니까?"

"나 말이냐?"

마치 흥미로운 장난감이라도 발견한 것처럼 호기심으로 반짝거린다.

"손오공이다. 남들은 제천대성이라 부르지. 그리고."

입꼬리가 말려 올라가 호선을 그린다.

"바로 네 전생(前生)이니라."

그리고.

이야기는 시작되었다.

*　　*　　*

고리는 돌고 돈다.

그 뒤부터 이어지는 것은 손오공이 아닌 지호의 이야기였다.

손오공의 화안금정으로 비춰진 지호의 생(生).

첫사랑 때문에 쥐게 된 마이크. 재미있었던 밴드. 잃어버린 목소리. 손오공과의 만남. 싸움. 사랑. 헤어짐. 그리고 여기에 이르러 다시 손오공과 만나기까지.

그리고 손오공을 비춘 화안금정이 손오공의 영혼을 들여다봤을 때, 이번에서는 손오공의 생(生)이 반복되었다.

손오공과 지호는 몇 번이고 상대방이 되어 서로를 읽었다. 서로의 삶을 거듭 체험하고, 서로의 마음을 몇 번이고 읽었다.

그리고 그것은 줄다리기이기도 했다.

상대방에게 완전히 동화되지 않기 위해, 그리고 상대방을 동화시키기 위해 벌이는 줄다리기.

그것은 마치 거대한 순환의 고리처럼 계속 반복에 반복을 거듭하다가,

쾅!

지호와 손오공이 분리되어 튕겨 났다.

"하아…… 하아……!"

"……후우! 애송이, 제법이구나."

둘은 어느새 많이 지쳐 보였다.

그럴 수밖에.

바깥세상은 찰나에 불과했어도, 그들이 거듭해야 했던 시간은 영겁에 가까웠으니. 그만큼 두 사람이 살아온 생은 길었고, 깊었다.

"화안금정으로 날 비출 생각을 하다니. 흐흐흐! 이건 정말 생각도 못 했는걸. 식령이 될 각오까지 하고."

"……."

웃으면서 농을 던지는 손오공과 다르게 지호는 입을 꾹 다물었다. 그의 눈동자는 고요하게 손오공만을 계속 비췄다.

"야! 무슨 말이라도 좀 해라. 나 혼자 미친놈처럼 떠드……!"

"제가 이겼습니다."

"뭐?"

손오공이 고개를 외로 꺾었다.

"제가 이겼다고요."

"뭔……!"

손오공은 무슨 소리냐며 짜증을 부리려다가 뒤늦게 깨닫고 피식 웃었다.

"그렇군. 내가 졌구나."

그 말과 함께,

스스스.

발끝에서부터. 조각이 떨어지기 시작했다.

손오공이…… 부서져 갔다.

지호의 눈이 안타까움에 젖었다.

손오공을 이긴 것은 자신이 대단해서 그런 게 아니었다. 법칙 때문이었다. 손오공은 과거의 존재이며, 자신은 현재의 존재. 당연히 한쪽으로 귀속될 수밖에 없다.

손오공이 법칙에서 벗어나기 위해 반고를 삼켰다지만, 지호가 화안금정으로 그 모든 걸 읽어 들였기에 법칙은 다시 성립하고 말았다.

그리고 지호는 그때서야 깨달았다.

이것이 바로 손오공이 바라던 것이었다는 걸.

손오공은 정말 자신을 삼키려거나 여의봉을 뺏으려던 게 아니었다. 지호에게 완전히 소화된 반고의 에너지를 건네기 위해, 그를 더 높은 존재로 만들어 주기 위해 스스로를 희생한 것이다.

손오공과 반고라는 내용물이, 지호라는 그릇에 담기고 있었다.

"표정이 왜 그따위야?"

"꼭 이딴 식이어야 했습니까?"

"그럼?"

붉었던 손오공의 눈동자가 다시 금색으로 변했다.

"이렇게 해야 너한테 빚 씌우기가 좋잖아?"

"진짜……!"

이건 시험이었던 것이다.

손오공이 마지막으로 그에게 주는 시험.

"흐흐흐흐. 그래도 네가 끝까지 정신 못 차리면 내가 정말 대신하려고 한 건 사실이니까 그런 표정은 짓지 마라. 너와 나 사이에 그런 건 좀 아니잖아?"

미소가, 짙어진다.

"그래도 다 자란 거 보니까 마음에 들어. 이젠 좀 쉬어도 되겠어. 재미있었다. 애송아. 정말로."

손오공이 손을 내밀었다.

과거. 옥황상제와 싸울 때와 똑같은 모습.

지호는 아주 잠깐 머뭇거렸지만,

"어서. 나 팔 빠진다."

손오공의 재촉에 끝내 그 손을 맞잡았다.

번쩍!

세상이 빛무리에 잠기고.

쿠쿠쿠쿠쿠쿠쿠.

이내. 세상이 꺼졌다.

식령이 이뤄졌다.

*　　*　　*

그리고.

4개의 세상 곳곳에 뿔뿔이 흩어졌던 려의 파편들이 모두 지상으로 스며들더니.

찰칵.

찰칵.

어디선가 하나로 합쳐졌다.

반만년 만에 진정한 합일(合一)이 이뤄지면서.

고대의 존재, 치우를 불러내는 의식이 완성되었다.

빛의 화신이 강림했다.

*　　*　　*

려가 죽었을 당시.

강제로 찢기며 수미산 곳곳에 뿌려졌던 파편들은 세상이 분화하면서 곳곳으로 흩어졌고, 다시 반만년이라는 아득한 세월이 흐르면서 각자 새로운 형태로 변했다.

어떤 것들은 허신을 만나 거대한 묘가 되었고.

어떤 것들은 사막에 들어가 울창한 숲이 되었으며.

또 어떤 것들은 강으로 흘러가 대하(大河)가 되었다.

그리고 어떤 것들은 생명을 품어 윤회의 고리에 녹았다.

마치 손오공과 지호처럼.

"음……?"

사이난은 농사일로 항상 바쁘신 부모님의 바람에 부응하기 위해서 일류 대학을 가기 위해 언제나 밤낮 없이 공부를 하던 아이였다.

그는 미래에 국문학자로 이름을 크게 떨치는 게 꿈이었다.

오늘도 마찬가지로 그런 부푼 꿈을 안고 천천히 하교를 하던 중이었다. 밤마다 별빛 은하수를 보면서 걷는 게 유일한 취미였던 그는 갑자기 걷다 말고 고개를 갸웃거렸다.

뭔가가 부르는 것 같았다.

누군가 자신의 귓가에 속삭이는 것 같았다.

돌아오라고.

사이난은 자기도 모르게 하늘을 향해 손을 뻗었다.

"자기, 왜 그래?"

메이는 잠자리를 가지다 말고 갑자기 멈춰 버린 연인을 보며 고개를 갸웃거렸다. 달아올랐던 흥분이 가시는 게 못

내 안타까웠다.

하지만 연인은 한참을 멍하니 있다가 고개를 가로 젓더니 침대에서 불쑥 나왔다.

"왜 그래?"

메이는 이불로 상체를 가리면서 연인을 바라봤다.

언제나 말없이 무뚝뚝해서 신비로운 자신의 연인은, 이따금 저렇게 이해 못할 행동을 할 때가 많았다. 그래도 저 분위기가 좋아서 사랑했던 것인데.

그런데 또 이렇게 알 수 없는 모습을 보이고 있었다.

연인은 가운을 입으며 말했다.

"가야 할 데가 있어."

현 무림에서 다섯 손가락 안에 꼽힌다는 고수, 정천검객 백일은 열 살 난 제자와 함께 대나무 숲길을 산책하던 중에 갑자기 멈춰 서 말했다.

"제자야."

"예. 스승님."

"뒤를 부탁한다."

"……."

제자는 한동안 말이 없었다.

하지만 스승은 가만히 자신을 바라보고 있었다. 수많은

감정이 눈에 담겨 있었다.

안타까움. 슬픔. 미안함.

제자는 고개를 떨어뜨렸다.

"이제…… 가실 때가 된 것이로군요."

"알지 않느냐? 내가 이리 간다 하여도 정녕 가는 것이 아님을. 나는 어디에나 있을 것이고, 언제나 너를 지켜보고 있음을."

"……다녀오십시오. 제자, 기다리겠습니다."

"많이 컸구나."

스승은 제자의 머리를 쓰다듬었다. 그 손바닥의 온기를 더 이상 느낄 수 없다는 사실에 제자는 눈을 질끈 감았다.

그리고 제자가 다시 고개를 들었을 때.

언제나 영원히 자신의 옆에 계실 것만 같았던 스승은 더 이상 보이지 않았다. 그렇게 따스한 온기만을 남긴 채, 바람처럼 훌쩍 떠나 버리셨다.

한평생 가난에 시달려 살아야만 했던 화공이 마지막 붓을 들려다가 고개를 떨어뜨렸다.

어린 시절부터 천재라며 촉망받던 어느 음악가가 자신의 방에서 불세출의 음악을 남기다 눈을 감았다. 나이는 29세. 너무 어린 나이였지만, 그는 웃고 있었다.

평생 농부로 살았던 어느 평범한 노인이 곤히 잠들었다.

길을 걷던 학생이 어디론가 고개를 들었다.

그렇게 곳곳에 흩어져 있던 사념들이.

각자의 사연을 품은 것들이 한데 몰려오면서 지호라는 그릇에 담긴다.

그 사념들은 지호처럼 각자 다른 윤회를 걸어오면서 수백 수천 배나 되는 더 많은 생을 품고 있었고, 이것은 전부 지호의 영혼을 풍부하게 만드는 토양이 되었다.

손오공을 품었듯이, 지호는 그들을 모두 담아 새로운 존재로 거듭난다.

과거 잘게 부서졌던 육체가 다시 조립되었다.

하지만 그건 과거 치우나 려라고 불렸던 그릇과 같으면서도 달랐다.

이미 한 번 깨진 그릇을 다시 조립해 봤자 기존의 모습으로 돌아갈 수 없듯이, 잘게 깨진 영혼은 한데 녹아 새로이 만든다고 해도 과거로 돌아갈 수 없었다.

하지만 잃어버렸던 것들을 되찾았기에, 지호는 이전보다 완전해진 존재가 되었다.

쿠어어어어어어!

그리고 반고는 마지막까지 남아 처절하게 저항했다.

이미 손오공에게 먹힐 대로 먹힌 상태였지만, 그래도 사념마저 녹아내릴 수는 없다며 반항하듯이 끝까지 버티면서 울부짖었다.

반고 역시 수많은 사념을 담고 있었다.

강제로 몸이 찢기어 세상이 창조되었을 때부터 지금에 이르기까지. 고통과 격통에 시달리며 살아야 했던 광기 어린 모든 사념을.

지호는 이렇게도 많은 사념을 받아들이고도 아늑하게 느껴질 정도로 방대한 양을 자랑하는 반고를 보면서 살짝 주춤거리기도 했지만, 물러서지는 않았다.

도리어 더 아래로 내려가.

더 깊게 내려가서 반고에게 닿았다.

쿠어! 쿠어어어! 쿠어어어!

반고는 지호를 발견하고 포효했다. 그의 사지는 더 이상 신진철이 아닌 금색 빛무리에 잠겨 옴짝달싹하지 못했다.

빛무리가 점차 몸을 따라 번져 오면서 그를 잠식하려 하고 있었다. 아무리 놓으라고 발버둥 쳐도 아무런 소용이 없었다.

그때 지호와 반고의 눈이 마주쳤다.

아니, 정확하게는 영혼과 영혼이 맞닿았다.

반고의 깊숙한 곳으로 스며들면서, 사념 속에서도 아주

깊은 곳에 담긴 무언가를 읽었다.

그리고 지호는 깨달았다.

반고가 사실은 두려워하고 있다는 사실을.

"울지 말거라."

지호는 빙그레 웃었다. 손을 뻗어 반고의 얼굴을 쓰다듬었다.

"이제 너는 혼자가 아니니라."

…….

순간, 반고의 발작이 거짓말처럼 멈췄다.

"둘러보아라. 네 주변에 이렇게도 많은 친구들이 있지 않으냐? 이들은 그들과 다르단다."

크르르.

반고는 주변을 둘러보았다.

많은 것들이 느껴졌다.

자신이 여태 갇혀 있었던 마해와는 전혀 다른 세상.

아무것도 없어 외롭기만 하던 곳과는 달랐다. 손을 뻗으면 같이 놀아 줄 존재들이 있었고, 입을 열면 같이 대화를 나눠 줄 이들이 많았다.

크르르르…….

흉포했던 반고의 눈동자에서 광기가 점차 사라진다. 순해진 눈이 되어 억지로 입을 열었다.

"난……."

"그래."

간만에 돌아온 이성은 무언가를 간절히 갈구했다.

"혼…… 자…… 싫…… 어."

"나도 그런 건 싫단다."

그리고.

"여기서, 약속을 지키겠다. 반고."

"……응."

파아아아!

반고가 작은 알갱이가 되어 샅샅이 흩어져 지호에게로 녹아들었다. 덕분에 지호는 반고의 사념까지도 고스란히 받아들였다.

기실, 여태 반고를 가두는 데 사활을 걸었던 삼황들은 잘못 알았던 게 있었다.

반고는 미쳐서 날뛰던 게 아니었다. 수미산이 되어 버린 자신의 육체를 되찾고자 날뛰었던 게 아니었다.

그저 친구가 필요했을 뿐이었다.

아무것도 없는 우주 한가운데에서. 반고는 알에서 홀로 깨어났다. 그리고 자신과 다른 무언가가 나타나기를 간절히 바라고 또 바랐지만 아무것도 나타나지 않았다.

그렇게 오랜 외로움 끝에.

반고는 어느 날 다른 생각을 가졌다.

나와 같은 존재가 생기지 않는다면, 내가 만들면 되지 않을까?

그래서 자신을 이루고 있던 육체 일부를 뚝 떼어다 뭔가를 빚기 시작했다. 그것은 여와가 되었다.

반고는 기뻤다. 드디어 대화를 나눌 수 있는 존재가 생겼다는 사실에. 즐거웠다. 드디어 외로움을 나눌 수 있는 존재가 있다는 사실에.

하지만 여와는 반고의 말을 듣지 않았다. '만들라' 는 반고의 의지만을 품고 있었던 그녀는 반고를 찢어 하늘을 만들고, 해와 달과 별을 만들고, 강과 숲과 산을 만들어 이 세상을 창조했다.

반고는 소리치고 싶었다.

그런 게 아니라고. 자꾸 나를 괴롭히지 말라고. 나는 너와 이야기를 나누고 싶을 뿐이라고.

하지만 그런 반고의 목소리는 닿지 않았다. 어느덧 여와의 곁에 선 복희라는 존재가 그를 묶어다가 지하 깊숙한 곳에 처박았다. 그리고 황이라는 존재들이 나타나 대대로 그를 감시했다.

이때부터 반고는 외로웠다.

왜?

왜 자신이 이런 꼴이 되어야만 하는가.

그저 나는 이야기를 나누고 싶었을 뿐일진대.

왜 이런 꼴이 되어 나는 갇혀 있기만 해야 하는가.

어쩌면 그건 사소한 오해에서 빚어진 비극일지도 모른다.

복희는 반고가 자신들을 해코지하려 한다고 생각했으니까. 창조의 밑바탕이 되었으나 창조와는 반대되는 개념인 그가 날뛰면 모든 것이 물거품이 된다고 생각했으니까.

하지만 그게 사실 잘못되었다는 걸 처음으로 꿰뚫어 본 존재가 있었다.

려.

수없이 많은 외로운 존재를 품어 봤던 그이기에 반고가 지니는 감정이 무엇인지 알 수 있었다. 그리고 새로운 려가 된 지호도 이것을 알기에 반고를 받아들였다.

그렇게 하나가 되었다.

화아아악!

그리고 지호가 다시 눈을 떴을 때.

그곳에는 더 이상 아무도 없었다.

"……."

마해는 시커먼 어둠만이 남았다.

울창하던 숲은 모두 깜깜한 어둠에 잠기고, 영원히 돌아다닐 것만 같았던 온갖 마물들도 조용히 지호에게 녹아들어 사라져 있었다.

쏴아아.

그때 지호의 의지에 따라 마해에 다시 빛이 들어왔다.

하지만 여전히 남은 건 허무뿐.

"정말로 갔구나."

지호는 방금 전까지 손오공이 있던 자리를 손으로 매만졌다.

그러나 아무것도 잡히지 않았다.

금방이라도 나타나서 장난을 치고 훌쩍 떠나 버릴 것만 같은데.

"정말 너무한다, 진짜."

어느 날 아무런 예고도 없이 자신을 불쑥 불러냈던 것처럼.

손오공은 그렇게 아무런 예고도 없이.

훌쩍 떠나 버렸다.

* * *

모든 것이 무(無)로 돌아가는 세상.

손오공은 여와의 시선도 닿지 않는 법칙 밖에서, 가만히 눈을 감고 있는 지호를 보다가 피식 웃으며 고개를 절레절레 흔들었다.

그러다 잘 지내라는 듯 가볍게 손을 흔들고 돌아서다 말고 갑자기 눈을 크게 떴다.

생각지도 못했던 사람이 거기에 있었다.

다시는 못 만날 거라고 생각했던 사람.

자신의 스승이자, 가장 친했던 벗.

삼장 법사.

그가 손을 흔들며 어서 오라는 듯이 손짓을 했다.

손오공은 이내 동그래진 눈을 가늘게 뜨며 웃었다. 피식. 바람 빠지는 소리를 내더니 어쩔 수 없다는 듯 허공을 박차 그에게로 다가갔다.

그리고 이내 두 사람이 함께하는 순간.

두 사람은 무로 스며들어 사라졌다.

60장

치우기(蚩尤旗)

천계, 현도옥경.

사오정은 말없이 집무를 보던 도중에 고개를 높이 들었다.

무뚝뚝한 얼굴.

언제나 같은 표정을 한 그였지만, 처음으로 온갖 감정이 스쳐 지나갔다.

경악. 안타까움. 미안함. 슬픔.

하지만 그런 감정들은 다시 이리저리 뒤섞이다가 금세 원래대로 돌아왔다.

탁!

“왜 그러십니까, 권렴대장?”

사오정이 의자를 밀며 일어난다.

밑에서 같이 작업을 하던 수하들이 무슨 일인가 싶어 그를 돌아봤지만, 사오정은 아무런 대답도 하지 않고 벽에 걸려 있던 항요검을 허리에 차고 움직였다.

그가 향하는 곳은 서청궁. 옥황상제가 머무는 곳이었다.

이미 그는 느낀 상태였다.

한때 가장 친한 벗이었던 손오공이 옛 스승의 곁으로 떠나 버렸다는 것을.

그리고 그것이 의미하는 바는 단 하나.

‘이제…… 시작된다.’

진정한 전쟁이.

지난 반만년 동안 이뤄지지 못하고 멈춰 있었던 창세의 종장(終章)이.

그걸 준비해야만 했다.

* * *

부우웅.

고속도로를 따라 달리는 밴 안에서.

파아아!

저팔계는 언제나 가슴에 품고 다니던 사리함이 가루가 되어 부서지는 것을 멍하니 바라봤다. 삼장 법사의 사리를 보관하던 함.

"어, 어? 그, 그거……?"

옆에 있던 매니저가 놀란 눈이 되었지만, 저팔계는 아무 말 없이 입을 꾹 다물었다.

눈동자가 눈물로 촉촉하게 젖었다.

"내가 볼 수 있는 건 그 아이와 돌 원숭이가 손을 맞잡아 진정한 자신을 찾을 때까지야. 그때까지만 날 지켜 줄래?"

과거 삼장 법사가 그녀에게 간절히 했던 부탁.

수없이 윤회를 돌며 수행해야만 했던 지긋지긋한 부탁이 드디어 끝난 것이다.

그렇다면.

그렇다면 기뻐야 할 것인데.

왜?

"정말, 갔구나……."

저팔계는 손으로 얼굴을 묻었다.

손바닥이 축축하게 젖었다.

*　　　*　　　*

지호는 이제 스스로가 평범한 존재가 아니라는 사실을 인식하기 시작했다.

애초 신의 반열에 올랐을 때부터 그랬지만, 아니, 손오공을 만났을 때부터 그랬을 테지만, 이제는 그마저도 월등히 뛰어넘는 존재가 되어 버렸으니까.

황이 되고 나서도 다시 반고를 품어 강제로 넓혔던 그릇을 내용물까지 채웠다.

오래전에 있었던 기억이 떠오른다.

옥황상제와 싸울 때에 이뤘던 빛의 화신.

그때의 존재가 되고 말았으니.

이제 빛이 닿는 곳이라면 그는 어디에서나 존재할 수 있게 되었다.

다른 점이 있다면 그때는 손오공과 의식을 공유하여 전혀 별개의 존재처럼 느껴졌지만, 지금은 자신의 의식만이 남아 있었다.

이게 무엇을 의미할까?

"……시작하자. 마지막 전쟁을."

지호는 마해에 있는 상을 지우고, 저승으로 돌아갔다.

"지…… 호?"

"어? 소, 손오공? 아닌데?"

지호가 돌아왔을 때, 걱정 가득했던 일행들은 모두가 놀란 눈이 되고 말았다.

분명 겉보기엔 지호와 똑같이 생겼건만.

그 안에서 느껴지는 내용물은 조금 이질적이었다. 현상을 측정하고 관찰하는 게 특징인 신들로서는 지호가 전혀 다르게만 느껴졌다.

뭐랄까?

황이 되었을 때는 아주 커졌다는 생각이 들었지만, 지금은 본질이 바뀐 느낌이었다.

특히 지호를 바라보는 야마의 눈동자는 쉴 새 없이 흔들렸다.

그에게서 오래전에 죽은 연인을 보고 말았으니까.

"려……?"

하지만 분명히 려는 아니었다.

지호는 그런 사람들을 보면서 웃었다.

"뭘 그렇게 다들 놀라?"

그러면서 외부로 보이는 모습을 원래 자신의 색으로 되돌려 놓았다. 아무도 의아함을 느끼지 않도록.

사람들은 그제야 고개를 끄덕였다. 하지만 야마는 여전히 흔들리는 눈빛 그대로였다.

소호 금천이 다급하게 물었다.

"제천대성은? 어찌 되었는가? 반고는?"

그로서는 사흉이나 옥황상제 말고도 다른 적이 생겼나 싶어 걱정 가득한 얼굴었지만,

"떠났습니다."

지호가 고개를 젓자 안심한 듯 한숨을 내쉬었다.

그러다 그게 무슨 뜻인지 알아차렸다.

"그럼, 자네?"

지호는 말없이 고개를 끄덕였다.

그것이 소호 금천을 더 놀라게 만들었다.

"허! 반고를 품을 수 있을 줄이야. 과거 희도 해내지 못했던 것을."

옥황상제나 석가여래, 통천교주에 이르기까지 많은 이들이 반고를 손에 넣고자 무던히도 애썼다. 그것이 의미하는 바가 단 하나이기 때문이었다.

절대적인 힘.

전지와 전능을 얻었다지만 완전하지는 않은 신이라는 존재들에게 있어, 절대적인 힘을 얻는다는 것은 보다 완벽에 가까워질 수 있다는 뜻이었으니까.

어쩌면 이 세상의 진리를 이루고 있는 여와의 자리를 찬탈할 수 있을지도 모르는 힘인 것이다.

"품은 것은 아닙니다."

"그럼?"

"그냥 같이 가는 거죠."

"……?"

소호 금천은 무슨 뜻인지 몰라 고개를 갸웃거렸다.

하지만 지호는 피식 웃기만 하고 대답해 주지 않았다. 그러고는 야마를 보며 물었다.

"야마."

"으, 음? 왜 그러나?"

야마는 흔들리는 목소리를 어떻게든 붙잡으려 하면서 지호를 봤다.

"저승 복구 작업, 어떻게 되고 있어?"

하지만 야마는 지호와 눈을 마주치지 못했다. 살짝 시선을 옆으로 돌리면서 대답했다.

"이미 거의 대부분 완료되었다만. 그건 왜……?"

"생각보다, 서둘러야 할 것 같아. 전쟁."

이예가 도중에 끼어들었다.

"그건 서우화주로 영역을 넓히면서 차근차근히 진격할 생각 아니었나? 우사도 찾아야 하고, 절지천통의 문제도 있었잖나."

"그랬었는데. 상황이 조금 바뀌었어."

지호는 허공에다 손을 뻗었다.

그러자 그들을 둘러싸고 있던 공간이 흐릿해지면서 저승 위의 세상을 비추기 시작했다.

서우화주.

신목을 중심으로 수미산 때의 모습을 가장 많이 품었다던 곳. 사흉이 쫓겨나고, 지호가 몇 번이고 들여다보면서 우사가 묻혀 있는 곳을 찾으려 했던 곳이기도 했는데.

그런데 서우화주의 푸른 하늘을 따라 불그스름한 뭔가가 촉수처럼 조용히 뻗쳐 나왔다. 아지랑이처럼 아주 희미하지만 그건 천구(天球)를 따라 가득히 퍼지면서 촘촘하게 그물망을 형성하려 하고 있었다.

일반 사람들에게는 잘 보이지 않겠지만, 신위에 오른 이들이라면 너무나 쉽게 알 수 있는 기운.

"상제?"

"하지만 어떻게? 절지천통이 있을 것인데!"

이예와 소호 금천 등은 경악하고 말았다.

서우화주와 북구로주가 여전히 옥황상제의 영역이라고는 하나, 그가 절지천통으로 천계에 갇혀 있는 이상 언제든지 잡을 수 있는 존재로 그동안 여겼던 탓이었다.

승세를 몰아 진격을 하는 입장과 수성을 해야 하는 입장은 다를 수밖에 없다. 절지천통에 가둔다는 것은, 옥황상제의 힘을 한정 짓는다는 것과도 같았다.

그런데 밖으로 조금씩 기운을 보낸다?

그건 옥황상제가 조금씩 힘을 되찾는다는 뜻이 아닌가!

"깨졌어."

"……!"

"……!"

모두가 경악한다.

"물론 완전히 깨진 건 아니야."

"그럼?"

"사흉이 열었어."

"대체 어떻게 말인가?"

소호 금천이 잔뜩 굳은 얼굴로 물었다.

지호는 고개를 가로저었다.

"저도 정확한 내막은 알 수 없습니다. 제가 오공을 상대하는 동안, 상제가 서우화주와의 경계를 잠가 버렸어요. 관찰은 가능해도, 인식은 힘들어요."

처음 지호가 서우화주를 관찰하다가 살짝 절지천통이 열렸을 때. 그건 아마도 사흉이 하늘로 오르기 위해 주도한 것인 듯했다.

과연 그들만으로 천계를 손에 넣을 수 있을까 싶지만, 옥황상제는 그런 좋은 기회를 놓치지 않았다.

지호가 임시방편으로 기운을 흩뜨렸다지만 녀석이 마련해 둔 어떤 패가 있었을 터. 당연히 살짝 금이 가기 시작한 절지천통은, 아주 느리지만 곧 전체에 균열이 퍼질 것이다.

"사흉이 공간을 연 틈을 타 기운을 조금씩 뻗고 있는 거로군."

"예."

소호 금천은 골치라는 듯 관자놀이를 짚었다.

"큰일이로군. 상제의 성격으로 봐서는 금방 아래로 내려오려 할 터인데. 하지만 우리는 그만큼 시간이 충분칠 않아. 아니, 충분하다고 해도 아래에서 부딪치는 것만큼은 막아야 하네."

지호는 무겁게 고개를 끄덕였다.

"하계에서 전쟁을 치를 수는 없으니까요."

전쟁은 천계 내지 저승에서 벌어져야 한다. 하지만 저승이 침범을 당한다면, 이제야 조금씩 제 구실을 찾아가는 저승은 더 이상 돌이킬 수 없을 정도로 망가질 터.

그렇다면 남은 방법은 하나였다.

"무리를 해서라도 선공(先攻)을 해야 합니다."

"……어쩌면 그조차 상제의 노림수일지도 모르겠어. 한

데, 방법은 있나?"

"이쪽에서도 절지천통을 열어야죠."

"그러니까 그 방법 말일세."

"잠그는 걸 제가 했습니다. 여는 방법을 모르겠습니까?"

"뭔가, 방법이?"

"사람을 찾아야 합니다."

"누구?"

모두가 같은 눈이 되어 지호를 집중했다.

"석가여래."

"으음!"

"갑자기 여래는 왜?"

전혀 생각지도 못했던 이름이었다.

이미 호세천부와 싸운 적이 있던 이예 등의 얼굴이 딱딱해졌다.

"석가여래와 호세천부는 오래전부터 천계에서 옥황상제와 전쟁을 치르고 있었어. 하지만 옥황상제가 천 년을 넘도록 뒤로 빠졌던 것처럼, 석가여래도 전면에 나서지는 않았지. 심지어 호세천부와 전쟁을 치를 때까지도. 자기 수하들이 모두 봉신되는 데도 모습을 보이지 않는다고? 좀 이상하지 않아?"

"……."

"그건 이유가 한정될 수밖에 없어. 아마 그건 전쟁에 신경을 쓸 겨를이 없을 만큼 바쁜 일이 있거나……."

"있거나?"

이예가 되물었다.

"그만한 힘을 발휘할 수 없거나."

"……!"

"……!"

"난 후자 쪽으로 보고 있어. 호세천부가 그렇게 무리를 하면서까지 반고를 취하려고 했던 게 석가여래를 되살리기 위해서라면?"

"……그럼 그 석가여래는 상제로부터 모습을 감추기 위해서 어떤 형태로든 하계에 있을 테고?"

"맞아."

이예는 그럴듯하다는 듯이 고개를 끄덕이면서도 고개를 갸웃거렸다.

"하지만 그건 너무 위험하지 않나?"

신적 존재가 하계로 떨어진다는 것은 그만큼 위험을 감수한다는 뜻이었다. 아바타라라는 육체에 갇혀 신의 힘이 대폭 축소되거나, 힘들다면 신위까지 버릴 각오를 해야만 했다.

"위험하더라도 절지천통만큼 옥황상제의 손길에서 벗어

날 수 있는 확실한 방법은 없으니까. 그만큼 절실하다고 봐도 되겠지."

지호는 말에 힘을 주었다.

"그리고 그런 석가여래라면 언제든지 천계로 돌아갈 수 있는 방법을 마련해 뒀을 거야."

"하지만 상제의 눈에서도 숨겨진 존재인데. 어떻게 찾을 수 있단 거지? 아니, 그런 걸 다 떠나서 네가 하는 말은 전부 추측이지 않나?"

"그러니 확인해 보면 되는 거잖아."

이예는 고개를 갸웃거리다 이내 뭔가를 떠올린 듯 피식 웃고 말았다.

"그렇군."

그러다 예리한 눈빛으로 여의봉을 바라보면서 중얼거렸다.

"물어볼 사람은 아주 많지."

*　　*　　*

여의봉 속 세상은 시간이 어떻게 흐르는지 아무도 알 수 없다.

아무것도 인식되지 않는 공간. 태초 이전에 존재했던 곳과 똑같기 때문에 이곳에서는 그들이 아무리 어떤 위대한 존재였다 한들 아무것도 해낼 수 없었다.

부처에게도 고통과도 같은 시간.

호세천부는 서서히 메말라 갔다.

—**이대로는…….**

—**아무것도 이뤄지지 않는구나.**

—**허무하고 허무하고 또 허무하도다.**

—**정녕 이리 사라져야 한단 말인가?**

처음에는 그들 모두 수보리를 믿었다.

어떻게든 이 지옥 같은 상황을 흔들어 줄 것이라고. 허무를 찢어서 다시 그들을 밖으로 끄집어내 줄 것이라고.

게다가 자신들만 있다면 지독한 고독 속에 파묻혔을 테지만, 동료들이 있기에 서로의 사념을 나누면서 고독을 이겨 낼 수 있었다.

하지만 그것도 초기에나 가능한 일.

까마득하게 찾아오는 허무는 그들의 정신을 조금씩 좀먹어 갔다.

기한이 없는 희망이란 오히려 고문보다도 더 악랄하다.

하물며 움직이지 못하고 정신만 살아 있음에야.

결국 부처들 중에 버티지 못하고 나가떨어지는 이들이 속출했다.

—아아! 왜 그러는가! 조금만, 조금만 더 있으면……!

—차라리 깊은 잠에 들어 나중을 노리는 게 낫지 않겠는가?

—수보리라면 잘 해낼 테지. 잘 해내겠지…….

그들은 억지로 버티고 있던 정신을 꺼 버렸다. 허무 속에 그대로 녹아들면서 깊은 잠에 들었다.

마신들이 여의봉에 갇히고도 몇 번이고 깨어났던 것처럼. 자신들도 언젠가는 깨어날 수 있지 않겠는가. 아니라면 수보리에게 모두 맡겨 버리는 것도 하나의 방법이었다.

당연히 남은 부처들은 그런 이기적인 부처들을 삿대질하며 욕을 해 댔다.

하지만 곧 그들도 이기적이었던 이들을 뒤따라 사라졌다.

목소리가 하나둘씩 사라지고, 허무 속을 밝히던 불꽃도 점차 꺼졌다.

—미안하네, 수보리.

그러다 끝내 마지막까지 옆을 지켜 주던 범천의 목소리마저 저 허무 속으로 사라졌다.

"……소작복덕, 불응탐착, 시고……."

하지만 수보리는 몇 번이고 이어지는 작별 인사에도 단

한 번도 대답하지 않았다. 가부좌를 틀고, 여전히 독경만 외워 댈 뿐.

—**이제 그만 하시지요, 수보리.**

비서사는 수보리의 곁에 앉아 가녀린 손으로 그의 얼굴을 쓰다듬었다. 그녀만은 그의 곁에 남아 수보리를 몇 번이고 달랬다.

이제 그만하자고. 그만 놓아 버리자고.

왜 이렇게 미련하게까지 남느냐고.

그녀는 단순히 미안하기 때문에 남은 건 아니었다. 정말 수보리를 아끼기 때문에 그가 안타까워서 이러는 거였다.

하지만 수보리는 여전히 대답을 하지 않았다.

—**당신**…….

비서사가 뭐라고 말하려는데.

별안간 갑자기 수보리가 눈을 확 떴다. 상하좌우 관념이 없는 허무, 어느 한 지점으로 고개를 돌렸다.

"……왔습니다."

—**무슨**…… **아!**

비서사도 고개를 갸웃거리다 뒤늦게 깨달았다.

허무가 열리고 있었다.

—**수보리, 드디어 해냈소이다!**

"그런 것 같습니다만. 이건 제가 원하던 형태는 아닌 것 같군요."

수보리의 입꼬리가 씁쓸하게 변했다. 그러다 차갑게 올렸다.

"하지만 어찌 되었건 기회는 주어졌습니다. 잠든 분들을 어서 깨우도록 하지요."

* * *

화아아!

지호가 '수보리' 라는 이름을 엄지로 문대는 순간, 여의봉이 시린 빛을 토해 냈다.

그리고 열린 공간을 따라,

콰아아아악!

갑자기 무언가가 대거 불쑥 튀어나왔다. 어마어마한 해일 같이 불어닥치는 기운. 수십 명에 달하는 부처들이 단번에 현신을 시도하면서 지호를 노렸다.

—천마아아아아아!

—네놈도 똑같이 이 허무의 늪에 처박아 주리라!

파스스.

분명 지운 건 수보리밖에 없건만. 여의봉 끝에 적혀 있는 명단 중 상당수가 지워지면서 부처들이 강림한다.

당연히 이런 상황은 생각지도 못했던 터라, 소호 금천과 이예는 반사적으로 몸을 날렸다.

일전에 호세천부를 여의봉으로 모두 끄집어 내릴 수 있었던 건 사실 우마왕 덕분이 아니었던가! 만약 저들이 모두 여기에 풀어진다면 그들만으로 막기에는 힘들 수가 있었다.

하지만,

"시끄러."

지호는 별 당황하지도 않고 인상을 와락 찌푸리면서 발로 땅을 세게 굴렀다.

두우우우우웅!

지면을 따라 세게 울리는 범종 소리.

우보였다.

그 순간, 기세 좋게 튀어나오던 부처들 모두 몸이 빳빳하게 굳어 버리고 말았다. 그들을 둘러싼 공간이며 기운이 모두 보이지 않는 무언가에 단단히 결박되었다.

—무, 무슨……!

—이걸 어떻게?

부처들은 우보를 떨쳐 내려 아등바등했지만, 꿈쩍도 할 수 없었다.

특히 몇 번씩 우보를 깼던 제석천이나 범천은 이전과는 비교도 안 될 정도로 단단한 결박이 도저히 이해가 가지 않았다.

그러다 지호와 눈이 마주친 순간, 그들은 영혼마저 단단히 얼어붙고 말았다.

"내가 설마 너희들 꿍꿍이도 모르고 있었을 줄 알고? 빈틈이 보이면 바로 달려들 거란 것쯤은 천치도 알겠다. 게다가 그렇게 대놓고 기운을 줄줄 흘려 대는데 모르는 것도 이상하지 않냐?"

지호는 어이가 없다는 듯이 고개를 절레절레 흔들었다.

하지만 부처들의 귀에는 지호의 말이 들리지 않았다.

지호를 보고 나서 머릿속이 새하얗게 질리고 말았으니까.

분명 천마의 탈을 쓰고 있으나, 천마가 아닌 것 같은 존재가 거기에 있었다.

지호의 눈 속에 담긴 깊디깊은 심연은, 오히려 그들을 여태껏 힘들게 만들었던 허무보다도 더 깊고 지독하게 느껴졌다.

자신들로서도 절대 범접할 수 없을 거대한 벽.

압도적인 무력감이 찾아왔다.

마치 옥황상제를 맞닥뜨린 것 같다.

자신들이 모시는 석가여래를 뵙는 것 같았다.

한낱 마귀 따위로 치부했던 존재에게 이런 거대한 벽을 느끼는 게, 가당키나 할까?

"그럼 이제 바깥 공기는 충분히 쐤으니까."

지호는 그들이 어떤 생각을 하건 말건 간에 손을 활짝 펼쳤다.

"이제 돌아가."

지호는 비소를 던지면서 아무것도 없는 공간을 세게 움켜쥐었다.

쩌저걱!

부처들을 둘러싼 공간에 단단히 금이 가더니 우보와는 비교도 할 수 없는 어마어마한 압력이 가해졌다.

부처들은 이대로 영혼이 짜부라지는 게 아닐까 싶은 단단한 힘에 짓눌렸다.

—**아아아아아아아악!**

—**대체…… 대체 무슨 짓을 저지른 거냐!**

"살아생전에 그렇게 고행을 다녔다는 놈들이 엄살은."

지호는 시끄럽다는 듯, 놈들이 나온 공간 속으로 억지로 놈들을 도로 욱여넣었다.

어떻게든 저항하고자 하는 반발이 느껴졌지만, 이미 우보로 갇힌 녀석들이 할 수 있는 건 없었다. 무엇보다 갓 허무에서 깨어난 그들의 몸 상태로 지호를 거스르기란 요원한 일이었다. 저승은 그의 권역이기도 했으니.

결국 부처들은 저항다운 저항 한 번 해 보지 못한 채 도로 허무 속으로 딸려 들어가 갇히고 말았다.

그런 상황을 지켜보던 신들은 정신이 멍했다.

"허! 부처들을 저렇게 장난감처럼 갖고 놀다니."

"……이젠 손가락 하나 건드리기도 힘들겠습니다."

소호 금천과 이예 등은 고개를 절레절레 저었고,

"이번에도 내가 나설 곳은 없구나."

홍해아는 또 한 번 낙담했다.

"천마라는 자…… 원래 저렇게 강했었나?"

"아니. 강하긴 했어도 저 정도는 아니었어. 그래도 이예님을 신하로 삼았다는 말을 들었을 때는 어느 정도는 되겠지라는 생각은 했었는데. 허!"

"대단해. 저런 사람이라면……!"

지호를 처음 본 봉몽과 복비, 그리고 신인일 때의 지호를 기억하는 연옥들도 감탄을 터뜨렸다.

특히 복비는 감격에 찬 얼굴이 되었다.

저렇게 강한 주군을 모실 수 있다면, 여태껏 꿈 속 이야기로만 치부했던 천계 정벌도 충분히 가능하겠구나 하는 생각이 들었다.

하지만 지호의 행동은 거기서 그치지 않았다.

오른손을 바짝 세워 공간을 비스듬하게 그었다.

쩌거걱, 공간에 균열이 생기자 거기다 양손을 밀어 넣어 그대로 벌리면서 왼손을 안쪽 깊숙하게 집어넣었다.

뭔가가 강렬하게 폭발하는 소리가 들렸지만, 지호는 마치 무라도 뽑듯이 균열 너머에 있던 걸 그대로 밖으로 끄집어냈다.

"과연…… 제자님. 이런 잔재주는 통하지 않는군요."

수보리가 창백한 얼굴로 딸려 왔다. 그의 목은 지호에게 단단히 붙들려 있었다.

사실 수보리는 다른 부처들이 한꺼번에 튀어나와 지호를 교란시키는 동안, 뒤로 빠져서 몸을 숨길 생각이었다.

여기에 비서사가 나섰다. 자신이 시간을 끄는 동안 수보리를 대피시켜 훗날을 기약할 속셈이었던 것이다. 석가여래의 뒤를 이을 후계자라는 수보리라면 몇 천 년이 지나도 복수를 해 줄 거란 믿음이 있었으니까.

하지만 여기엔 그들이 생각지 못한 패착이 있었다.

"설마하니…… 황이 되셨을 줄은."

신과 부처가 법칙을 구현하는 톱니바퀴라면, 황은 톱니바퀴를 덮는 덮개다.

당연히 수보리가 어디로 도망치건 간에 지호에게 들킬

수밖에 없었다. 그가 아무리 몸을 숨긴다고 숨겨도 결국 지호의 권역, 그의 영혼 안쪽에서 벌어지는 일이니까.

그야말로 부처님 손바닥 위의 손오공.

옛 고사가 반대로 그에게 적용되는 것이다.

"스승님, 내가 왜 당신을 불렀는지는 알고 있지?"

"내가 어찌 알겠……."

"웃기지 마. 당신이라면, 이 정도쯤은 예견했을 거잖아? 아닌가?"

수보리는 쓰게 웃었다. 모른 척 넘기려 했지만 뜻대로 되지 않을 것 같았다.

"천계와…… 전쟁을 치를 생각이십니까?"

"어."

"안 됩니다. 아직까지 제자님으로서는 그를 당해 낼 수가 없을 겁니다."

지호는 화안금정으로 수보리가 진실을 말하고 있다는 사실을 알아차렸다.

부처들에게도 옥황상제는 그만큼 무거운 존재인 걸까?

"그건 내가 알아서 결정할 문제니까 신경 꺼. 그보다 말 돌리지 말고 말해. 석가여래, 어디에 있지?"

"……."

수보리는 대답을 하지 않았다.

그런데 그 모습이 마치 스승의 비밀을 지키기 위해 입을 다무는 것이 아니라, 뭔가를 계산하기 위해서 다무는 것처럼 느껴졌다.

지호는 왼손에 강하게 힘을 주었다.

수보리의 몸이 덜덜 떨린다. 안 그래도 창백했던 안색이 파리해졌다. 단순히 육체에 제약을 거는 것이 아니라 영혼까지 뭉개는 중이었다.

"대답하기 싫다면 안 해도 돼. 어차피 입은 많으니까."

지호가 비웃으면서 수보리의 영혼을 뭉개려는 순간.

"……다."

"뭐?"

목소리가 너무 작아서 잘 들리지 않았다.

지호가 눈살을 좁혔다.

"……에 ……다."

"장난치지 말고. 자세히 말해."

수보리는 안타까워하는 얼굴로 한숨을 살짝 내쉬다가, 이내 자신이 할 수 있는 일이 더 이상 없다는 사실을 깨닫고 짙은 한숨을 내쉬었다.

"그분은 나의 스승. 제자인 나로서는 스승을 함부로 팔 수 없습니다. 다만, 한 가지 부탁을 들어준다면 가르쳐 주도록 하지요."

"뭔데?"

"이젠 제자님께서도 아셨겠지만, 사실 우리 부처들은 '밖' 에서 온 존재들입니다. 원래는 이 세상에 있어서는 안 되는 존재들이지요. 어느 날 눈을 떠 보니 알 수 없는 이유로 이곳 낯선 세계에 갇혔다…… 는 겁니다."

"그래서?"

수보리의 얼굴은 진지했다.

"우리를 '밖' 으로 내보내 주십시오. 제자님이라면 충분히 해 주실 수 있을 겁니다."

"그 후에 다시 돌아오면 어쩌려고?"

수보리는 고개를 가로저었다.

"아니요. 우리는 이미 너무 지쳐 있습니다. 상제부터 제자님까지. 매번 싸움의 연속이었지요. 다시 밖으로 돌아간다면…… 다시는 이 세상에 눈길도 돌리지 않을 겁니다. 제가 약조하지요."

지호는 잠깐 고민에 잠겼다. 원래 부처들이 수미산에 있어야 할 존재들이 아니라는 건 알고 있었다. 여와도 그들이 왜 이 세상에 왔는지는 몰랐다.

그런 그들을 원래의 세상으로 되돌려 보내고, 얻을 수 있는 걸 얻는다? 나쁘지 않았다.

"좋아. 거래 받아들이지."

수보리는 한숨을 내쉬면서 말했다.

"남섬부주. 스승님은 그곳에 몸을 숨기고 있습니다."

"그렇단 말이지?"

지호는 석가여래가 자신과 가까운 곳에 있을 거라는 말에 눈을 반짝였다.

수보리의 얼굴에는 온갖 감정이 어렸다. 후회. 미안함. 씁쓸함. 절박함. 그리고 기대.

"그럼 우리를 '밖'으로……."

"아, 그건 미안."

"……?"

지호가 피식 웃었다.

"갑자기 생각이 바뀌었어."

수보리의 안색이 창백해졌다.

"이건 약속과 다르……!"

콰드득!

지호는 수보리가 뭐라고 말하기도 전에 힘을 줘서 목을 그대로 돌려 버렸다. 그리고 다시는 이런 꿍꿍이를 일으킬 수 없도록 남은 정신마저 일그러뜨리고, 도로 허무 속으로 밀어 넣었다.

지호는 여의봉에 부처 명단이 다시 되새겨지는 걸 보고 손을 탈탈 털었다.

"……허, 참!"

"누가 악당인지 모르겠군."

그걸 지켜보던 소호 금천과 이예가 같이 고개를 절레절레 흔들었다.

지호는 일부러 무시했다. 괜히 대꾸하면 인정하는 꼴이 될 것 같았으니까.

소호 금천이 물었다.

"한데, 그렇게 수보리를 찍어 눌러도 되는 겐가? 석가가 있는 곳을 아직 정확하게 안 것도 아니지 않나."

석가여래가 남섬부주에 있다지만, 지호가 일일이 70억이 넘는 인구를 뒤질 수는 없는 노릇이었다. 한다고 해도 사람이 아니라 다른 형태라면 어떻게 할 것이며, 그마저도 작정하고 자신을 숨기려고 들면 어떻게 할 방법이 없었다.

하지만 지호는 걱정 말라는 듯 고개를 저었다.

"아뇨. 꼭 그럴 필요는 없습니다."

"뭐?"

"아마 제 근처에 있겠죠."

"음. 하긴 그도 그렇군."

확실히 언젠가 지호를 꾀어 일을 도모할 생각이었다면 근처에서 지호를 감시하려 했겠지.

"게다가 짐작 가는 곳이 없는 것도 아니고요."

“자네가 그런 것이라면 그런 것이겠지. 하면 지금 바로 떠날 생각인가?”

“예. 그래야죠.”

지호는 고개를 끄덕이면서 다른 사람들을 둘러봤다.

“아마 절지천통은 금방 열 수 있을 겁니다. 그때까지 정신없겠지만…… 다들 준비해 주세요.”

길을 열 것이니 전쟁을 준비하라는 뜻이다.

그러자,

“존명!”

“존명!”

이예가 제자리에서 한쪽 무릎을 꿇으며 부복하고, 잇달아 다른 신들이며 병사들도 모두 따라서 고개를 조아렸다.

지호는 저승을 울리는 그들의 대답이 흡족한지 고개를 끄덕이면서 남섬부주로 가기 위해 허공에다 손을 저었다.

지이이이이잉.

검지에 낀 금고아가 길게 울리면서 허공에다 멍울을 맺는다.

그 속으로 발을 들이려는데,

“지…… 호.”

“응? 왜?”

그때 야마가 지호의 옷깃을 붙잡았다.

아까 전부터 야마는 지호와 수하들의 대화에 끼어들지 못하고 초조해하는 기색이 역력했다.

뭔가 말하고 싶은데 쉽게 입이 떨어지지 않는 듯한 모습.

그녀답지 않게 여전히 말을 못하고 머뭇거리는 모습을 보면서, 지호는 피식 웃으며 야마의 머리를 헝클어 놓았다.

야마가 눈을 동그랗게 떴다.

"……?"

"뭘 그렇게 어렵게 생각해? 내가 지호면 어떻고, 려면 또 어때?"

"……!"

자신이 무슨 걱정을 하는지 알고 있었던 건가?

지호의 미소가 짙어졌다.

"이러나저러나 난 네 연인이니까."

"……알았다."

야마는 눈을 동그랗게 뜨다가 이내 배시시 웃었다.

"그럼 이따 봐."

지호는 가볍게 손을 흔들고 공간 너머로 몸을 던졌다.

야마는 지호가 완전히 사라질 때까지 가만히 제자리에서 양손을 꼭 쥐었다. 심장이 두근거렸다. 오래전에 헤어져야만 했던 연인이 돌아왔다는 사실이 그녀를 설레게 만들었다.

그리고,

"전군, 전쟁을 준비하라!"

"대열을 갖춰라!"

소호 금천과 이예의 명령이 떨어지면서 등환처가 바빠지기 시작했다.

저승의 하늘이 붉은빛으로 달아올랐다.

* * *

화아아악!

지호가 눈을 떴을 때, 주변은 온통 어수선했다.

"아니, 진짜 이 양반이 어디로 간 거야!"

"리더가 자리 비우면 어떡하냐고. 전화는? 전화는 받아요?"

"잠깐만요. 신호가 가는…… 어?"

지호는 신나게 울리는 휴대폰을 들어 장난스럽게 흔들었다(물론 진짜 휴대폰은 사라진 지 오래였기 때문에 전능의 힘으로 되살린 것이었다).

그를 찾던 직원들의 표정이 와락 일그러졌다.

"아니, 대체 말도 없이 여태 어디 갔었던 겁니까!"

사람들이 한창 자신을 찾고 있었다.

'한창 뭐 미팅 중이었지?'

여기에 오기까지 지호로서는 거의 몇 백 년에 가까운 세월을 겪었지만, 이곳 사람들은 불과 몇 시간에 불과했던 일.

다행히 기억을 더듬어 보니 금세 자신이 뭘 하던 중이었는지 기억이 났다. 세상과 하나로 맞물리면서 곳곳에서 풍기는 사념이 상황을 짐작케 해 준 것이다.

지호는 언제나 그랬던 것처럼 능글맞게 웃었다.

"바람 좀 쐬려고 다녀왔어요."

"지금 그걸 말이라고……!"

직원은 열을 내려다 말고 검지로 관자놀이를 꾹꾹 눌렀다. 참자, 참아. 이런 일이 어디 한두 번이었냐.

"알았으니까 어서 가기나 해요. 3팀장님이 아까 전부터 계속 사장님한테 들볶이시는 중이시라고요."

"예."

지호는 직원을 따라 복도를 뛰기 시작했다.

본격적인 전쟁을 치르기 전에 잠깐 들른 현실.

여태 정신없이 지냈으니 아주 잠깐 휴식을 취해도 상관없겠지, 하는 생각이 들었다.

부우우웅.

서울 외곽 도로를 따라 벤이 달렸다.

"아, 그러니까 진짜 어디 갔었어요?"

"글쎄."

"여자? 여자 맞죠?"

"노코멘트."

"여자 맞구나! 천밍위에도 볼일 있다고 먼저 갔었다더만, 여기에 범인이 있었구나. 와아! 이 형님 보소! 동생들은 PD한테 겁나게 까이고 있는데 누구는 여자 만나러 쏙 사라지고……! 이거 너무하네!"

"동준아."

"왜요?"

"요즘 잠 잘 못 잔다고 투덜거렸지?"

"그런데요?"

"평생 재워 줄까?"

"……죄송합니다."

지호는 계속 시끄럽게 떠드는 백동준을 가볍게 잠재우고, 좌석에 누워 가만히 눈을 감았다.

반면에 하동률과 박민상은 한동안 아무 말도 하지 않고 빤히 지호를 쳐다봤다.

불과 몇 시간 사이인데.

왜 이렇게 사람이 바뀐 것 같지?

분위기도 말투도 여전한데, 묘한 뭔가가 바뀌었다. 그런데 그게 뭔지 도무지 말로 표현을 할 수가 없어서 이상했다.

이전과 달리 쉽게 다가가기가 어려운 느낌.

왠지 모르게 거리가 느껴졌다.

「지호 형한테 혹시 쌍둥이 형제라도 있었나? 아닌데. 동생만 둘이랬는데.」

「음…… 음…….」

지호는 두 사람의 속마음이 그대로 읽어졌다.

읽고 싶지 않다고 해도 저렇게 사념을 풍겨 대니 모를 수가 없었다.

두 사람뿐만이 아니었다.

운전하고 있는 매니저와 코디, 밴과 같이 도로를 달리는 자동차 운전자들, 밖에 있는 아파트 주민들, 뛰어노는 초등학교 학생, 서울시, 대한민국, 그 너머에 있는 중국이며 일본…….

남섬부주를 이루고 있는 모든 존재들의 생각과 사념, 그리고 그들의 행동들이 빚어내는 인연의 실과 그것이 곧 빚어낼 결과와 현실과 미래까지, 전부.

지호의 손끝에서 너무 쉽게 느껴졌다.

하나하나가, 세세한 줄이 전부 지호에게로 엮여 있었다.

이제는 남섬부주가 그였고, 그가 남섬부주였으니.

지호는 자신의 품 안에 있는 존재들이 이렇게나 많고, 이렇게나 시끄럽다는 것을 너무 확실하게 느끼는 중이었다.

하지만 그런 것을 일일이 받아들여서는 인격을 계속 유지할 수 없을 터였다. 그렇기에 지금은 여기에 있는 상에만 집중했다.

의도적으로 다른 사념들은 배제하고, 상에만 인격을 제한시키는 형태로 모습을 유지한다.

아바타라와 비슷하지만 조금은 다른 모습.

사실 이렇게 상을 맺게 하는 것도 지속적인 의지가 있지 않으면 절대 불가능한 일이었다.

'이제 좀 조용하네.'

몇 번 조율을 거듭하니, 곧 라디오 볼륨을 최대로 낮춘 것처럼 백색 소음이 모두 사라졌다. 이마저도 살짝 집중이 흐트러지면 풀리겠지만, 현상을 유지하는 것만 해도 감지덕지였다.

그러다 지호는 뒤늦게 자신을 빤히 쳐다보는 눈길이 있다는 걸 알아차렸다.

옆자리. 서은영.

'그러고 보니?'

지호는 감고 있던 눈을 뜨고 고개를 돌려 서은영을 쳐다봤다.

"왜, 왜 그래요?"

몰래 지호를 훔쳐보던 서은영은 수박 서리를 하다가 들킨 아이처럼 황급히 놀랐다.

하지만 지호는 말없이 빤히 서은영의 눈동자를 응시했다. 그럴수록 서은영은 안절부절못했다.

'이상해.'

지호의 눈꺼풀이 살짝 떨렸다.

'은영이의 생각만은 읽을 수가 없어.'

마치 서은영만 세상에서 유리된 느낌이었다.

분명 같은 공간에 있는데도 불구하고 독립된 개체.

지호는 더더욱 눈을 좁혔다.

'영혼이…… 단단해졌다?'

서은영의 영혼이 평범하지는 않다는 건 알고 있었지만, 그래도 그녀는 자신의 가능성을 모르고 평범하게 살아왔다.

그런데 자신이 잠깐 자리를 비우는 사이에 무슨 일을 겪었던 건지.

너무 많이 달라져 있었다.

'신들의 목소리도 들을 정돈데, 은영이는 못 듣는다고? 나중에 물어봐야겠네.'

지호가 그런 생각을 하던 중에, 갑자기 서은영이 얼굴이 빨개지면서 시선을 획 돌렸다.

"……?"

지호는 왜 그러나 싶어 고개를 갸웃거리다 이내 자신의 실수를 알아차렸다.

자신과 그녀 사이에 흐르던 미묘한 기류.

하지만 자신은 야마에게 다시 돌아가지 않았던가. 그러나 서은영은 여전히 그대로였을 터.

그녀를 다시 힘들게 한다는 사실이, 지호의 마음을 무겁게 꾹 눌렀다.

* * *

밴은 가장 먼저 지호가 사는 아파트에 도착했다. 피곤해서 쉬고 싶다고 말하자 매니저가 그쪽으로 먼저 차를 몰아준 것이다.

"삼 일 뒤, 수요일입니다. 이번에는 진짜진짜 중요해요. 아셨죠? 삼 일 뒤예요! 삼 일 뒤!"

매니저는 운전석 창문을 내리고 지호에게 몇 번이고 신신당부했다. 스케줄 이야기였다.

"나 좀 쉬면 안 될까?"

"아, 좀!"

"……너 요즘 너무 막 나간다?"

"형 밑에서 삼 년만 매니저 생활 해 보세요. 도가 안 닦이나. 오늘도 사장님이랑 팀장님한테 얼마나 들볶였는지 구구절절하게 사연 늘어놔 볼까요?"

"아냐. 형이 잘못했어. 잘 가라."

"에휴. 쉬세요."

매니저는 땅이 꺼져라 한숨을 내쉬면서 도로 창문을 올렸다.

완전히 닫히기 전에 잠깐 서은영과 눈이 마주쳤다. 하고 싶은 말이 많은 눈빛. 하지만 서은영은 밴에 타고 여기까지 오면서 한 마디도 하지 않았다.

지호 역시 아무 말도 할 수 없었다.

아무리 지고하며 존엄한 자리에 올랐어도. 만물을 관장하는 위치가 되었어도 사람의 일이라는 건 너무 어렵게만 느껴졌다.

'그래도 이야기해야겠지.'

하지만 지호는 언제까지 질질 끌 생각은 없었다. 그럴수록 서은영에게 상처 주는 것밖에 되지 않는다는 걸 너무 잘 알기 때문에. 언제고 서로 속내를 탁 털어놓고 이야기를 해야 하지 않을까.

'그러니 우선 이것부터 끝내고.'

지호는 가볍게 숨을 골랐다. 그러자 눈가에 다시 화안금정이 자리 잡았다.

휴대폰을 꺼내 어디론가 전화를 건다.

석가여래가 있을 것이라 예상되는 곳.

뚜루루.

한 차례 신호가 가고.

철컥.

[……무슨 일이십니까?]

굵은 남성의 목소리가 들렸다.

액정에 적힌 이름은 '성재한'이었다.

* * *

강남 테헤란로에 위치한 어느 카페.

문 앞으로 차가 한 대 들어섰다. 날렵한 맵시를 자랑하는 P사의 스포츠카.

커피를 마시던 사람들은 저절로 그쪽으로 눈이 갔다가,

그중에 차를 잘 아는 남자들은 국내에 몇 없는 희귀종이라는 걸 알고 잔뜩 흥분한 눈치였다.

운전석 문이 열리고, 남자가 내렸다.

그냥 평범한 맨투맨 의상에 청바지, 입에는 까만 마스크를 쓰고 있지만 비율 좋은 몸을 갖고 있어서 딱 봐도 연예인이다 싶은 사람이었다.

"저 사람, 성재한 아냐?"

"와! 그러네. 안 그래도 저 차 얼마 전에 성재한이 샀다고 들었었는데……."

"대단하긴 대단하다. 싸인 좀 받을 수 있을까?"

성재한은 국내 솔로 가수들 중에서도 탑이라고 할 수 있는 존재.

3년 가까이 노래를 내지 않았다고 해도 여전히 콘서트를 열고 예능에는 자주 출몰하면서 왕성한 활동을 하는 중이었다.

게다가 얼마 전에는 탑 탤런트와 스캔들까지 나서 사람들의 관심이 많이 집중될 수밖에 없었다.

사람들은 예의가 아니란 걸 알면서도 정문을 열고 들어오는 성재한 쪽을 힐끔힐끔 쳐다봤다.

바로 그때였다.

탁!

카페의 중앙에서 다리를 꼬며 앉아 있던 지호가 손바닥으로 탁상을 가볍게 쳤다.

신기하게도 그는 여태 카페 안에 있었는데도 마치 방금 전에 나타난 것처럼 보였다.

우우웅.

아주 자그마한 파문이 카페 안에 불었다.

"어?"

"내가 왜 이러지?"

"아, 그러고 보니까 말이야……."

그러자 사람들은 마치 홀린 사람처럼 멍하니 있다가 다시 상대방과 이야기 나누던 화젯거리로 돌아갔다. 마치 거짓말처럼 성재한이라는 존재를 잊어버린 눈치였다.

성재한은 자신에게 일말의 눈치도 주지 않는 사람들을 보고 살짝 인상을 찡그렸다. 그러다 왜 이런 일이 벌어졌는지 깨닫고 지호 쪽으로 걸어갔다.

무언가 하고 싶은 말이 많은 눈치.

하지만 성재한은 지호에게 다가갈수록 인상이 조금씩 굳었다.

그러다 마지막에는 발걸음마저 뻣뻣해졌다.

마치 로봇이라도 된 것 같은 답답한 움직임. 얼마나 놀란 건지 안색은 이미 창백해졌다.

성재한은 지호에게 섣불리 다가가지 못했다.

마음 같아서는 당장에라도 도망치고 싶어 하는 눈치였지만, 그는 그럴 수 없다는 것을 깨달았다.

분명히 지호는 자신의 눈앞에 있었지만, 또한 자신의 옆에 있기도 했다. 뒤에도 있었고, 위에도 있었으며, 좌우에도 있었다. 이 안 어디에나 있었고, 저 밖에 차를 몰고 부산까지 간다 해도 있을 터였다.

아마 어디로 간다 한들 벗어날 수 없으리라.

이 세상, 그 자체인 존재.

이미 지호는 자신으로서 접근할 수 없는 까마득한 존재였다.

"죄 지은 거 아니면 앉으시죠?"

지호는 마시던 커피를 탁상에 얹으면서 말했다.

성재한은 마치 도살장에 끌려가는 소라도 된 것처럼 억지로 맞은편 자리에 앉았다.

"뭐 드시겠어요? 제가 살게요."

"어떻게…… 아셨습니까?"

성재한은 대답하지 않고 물었다.

음원 깡패니, 얼음 왕자니, 하는 언론의 표현과 다르게 그는 최대한 조심스러웠다.

지호는 잠시 아무 말 없이 성재한을 바라봤다.

그를 만난 건 남섬부주의 시간으로 3년 전, 커튼 싱어라는 예능에서였다.

그가 우승을 할 것이라는 사실을 예지하고 한 번 꺾어 보려고 얼마나 아등바등했던지.

이곳의 시간으로는 3년밖에 되지 않았어도, 지호의 시간으로는 까마득한 세월이 흘렀으니 이제는 잘 기억도 나지 않는 추억이 되어 버렸다.

"저는…… 분명히…… 아니, 부처들도 분명히 제대로 숨기지 않…… 았습니까?"

성재한은 지호의 속내를 알 수 없어서 다시 조심스레 입을 열었다.

지호는 고개를 끄덕였다.

"예. 숨겼죠."

"그런데 어떻게……?"

"사념을 읽는 것만으로도 충분하니까요."

지호가 수보리에게 석가여래의 위치를 물었을 때.

사실 그때 지호는 수보리를 따라 흐르는 정보를, 남섬부주에서의 석가여래와 관련된 정보를 동시에 읽어 들일 수 있었다.

커튼 싱어에서 자신을 처음 발견했을 때.

성재한은 분명히 아무것도 없는 천장을 보며 이렇게 중

얼거렸다.

"말씀하신 분이, 저 사람입니까?"

세상에 기록된 그 행동 속에는, 분명히 뭔가를 보고 있었다.

그리고 지금.

화안금정이 활짝 열린 지호의 눈에도 성재한 뒤편으로 어떤 존재가 보였다.

까만 얼굴. 곱슬머리. 인자한 눈빛과 큰 귀.

흔히 사찰에 가면 볼 수 있는 불상과 똑같은 모습.

석가여래였다.

다만, 다른 점이 있다면,

"나머지 반쪽, 어떻게 된 겁니까?"

석가여래의 얼굴을 기준으로 왼쪽이 마치 어둠에 묻힌 것처럼 잘 보이지 않는다는 것이었다.

성재한의 눈꺼풀이 파르르 떨렸다.

자신조차도 겨우 집중해야 뵐 수 있는 분을, 지호는 너무나 정확하게 꿰뚫고 있으니.

그러던 그때. 한숨을 내쉬던 성재한이 고개를 들었다. 그를 둘러싼 분위기가 달라졌다.

석가여래가 성재한의 입을 빌어 말했다.

“이 아이를 너무 타박하지는 마시게. 안 된다며 몇 번이고 거절하는 것을 내가 억지로 들어와 앉은 것이니.”

“타박하지 않습니다. 그럴 필요도 없고요.”

“호오! 그쯤 되면 그런 것도 보이나?”

“예. 보이네요.”

성재한이 석가여래를 만난 건 어렸을 적 어머니의 손을 잡고 어느 절에 방문했을 때였다. 그때부터 뭔가 알 수 없는 소리가 귓가를 맴돌더니 정신 착란증을 앓다가 끝내 열병까지 앓았고, 끝내 자신에게 깃든 존재가 무엇인지 뒤늦게 깨달았다.

석가여래는 성재한의 정신에 셋방살이를 하는 대신에, 그가 원하는 소망을 이뤄 줬다.

사회적으로 성공하고 싶다거나 한 것도 아닌, 그저 노래를 잘 부르고 싶다는 아주 소박한 소망을.

“이 아이는 꽤 그럴듯한 영혼을 품고 있거든. 만약 이곳이 아닌 동승신주에서 태어났다면 얼마 가지 않아 선인이 되었을 게야.”

“뭐, 그랬으면 제 손에 죽었겠지만요.”

“……허허. 언제나 느끼는 거지만 자네 ‘들’은 정말이지 너무 과격하단 말이지.”

"괜히 배배 꼬아서 이야기해 봤자 답답하기만 하죠."

지호는 고개를 외로 꼬았다.

"그보다 왜 자꾸 말을 뱅뱅 돌리십니까?"

"음? 이것도 보면 되지 않나?"

"그것까지는 안 보이네요."

"허허허허. 겉과 속을 모두 갖췄지만, 아직 완전한 알을 깨지는 못한 셈인가?"

역시나 선문답 같은 말.

지호가 살짝 눈살을 찌푸리자, 석가여래는 진정하라는 듯이 웃었다.

"알았네. 알았어. 음. 내가 이렇게 된 이유? 별것 없다네. 상제는 더 이상 나와 천계를 공유하기가 싫었고, 부처 일파를 축출해 내려 공을 들였다네. 덕분에 난 이 꼴이 되었고, 나머지는……."

석가여래는 지호의 손길을 봤다.

아무것도 잡히지 않지만 언제든지 잡을 수 있는 여의봉을 보는 것이리라.

"그런 꼴이 되었지."

석가여래가 무슨 말을 할 때마다 지호의 눈에는 어떤 잔상이 조금씩 보였다.

기습을 가한 옥황상제. 쫓겨나는 부처 일파. 끈질긴 저항. 석가여래의 반파(半破). 도망. 성재한으로의 깃듦.

부처 일파는 석가여래가 몸을 어서 회복하고 돌아오기를 간절히 바라며 끈질기게 싸웠다. 그렇게 벌었던 시간이 어언 천 년.

옥황상제 역시 석가여래와의 싸움으로 상처를 입어 시간의 바다 속에 칩거를 해 요양을 해야만 했다.

하지만 착실하게 회복되는 옥황상제와 다르게 석가여래는 도저히 그럴 길이 없어 보였다. 하계의 힘으로는 회복이 너무 더디기만 했다.

그래서 부처 일파는 방향을 바꾸고자 했다.

하계에 없다면 저승에 손을 뻗는 것으로.

반고라도 가져온다면 석가여래의 회복이 빨라질 것이라 믿은 것이다.

하지만 그마저도,

'나에게 가로막힌 거고.'

어찌 보면 부처 일파로서도 억울할 수밖에 없었다.

여태 잘 지내기만 하다 갑자기 신들에게 뒤통수를 맞아 길거리에 나앉았고, 그걸 어떻게 만회해 보려다가 결국 객사를 한 것이나 마찬가지이니. 더군다나 그들은 알 수 없는 이유로 '밖'에서 끌려온 존재들이기도 하니.

"이해해 달라는 말은 하지 않겠네. 이유가 어찌 되었건 간에 우리가 자네와 이 세상에 폐를 수도 없이 끼친 건 사실이니까.”

“그럼 제가 어찌하리란 것도 잘 아시겠네요.”

“잘 알다마다.”

석가여래가 피식 웃었다.

“과거에 내가 잘못을 저지른 오공을 오행산에다 가둔 것처럼. 이제는 우리가 잘못했으니 벌을 받아야 하지 않겠나?”

“그런 점은 어디에 계신 어느 분들과 다르게 깔끔해서 좋네요.”

지호가 물었다.

“천계로 돌아가는 방법, 뭡니까?”

“간단하네.”

“……?”

“자네는 세상을 여러 개로 차단시킨 자물쇠. 때문에 우리 아이들도 저승에 가려 자네의 영혼 조각들을 찾고자 했지. 그렇다면 열쇠는 뭘까?”

지호는 순간 이예가 줬던 효시를 떠올렸다.

하지만 그건 일회용이기에 기각.

그렇다면 남은 건?

석가여래의 말대로 자신은 여태껏 반고를 묶었던 쇠사슬

이었고, 절지천통을 이룬 벽이었다. 이것을 자물쇠라고 본다면 열쇠는 멀리 떨어지지 않은 곳에 있을 터.

아주 오래전부터 자신과 줄곧 함께해 왔던 것.

그런 것이라면.

—뀨우?

그때 심연에서 청룡이 고개를 갸웃거렸다.

'너구나.'

지호는 그제야 답을 얻었다.

"여의봉."

"맞네."

지호는 허탈했다.

이렇게 가까운 곳에 열쇠를 두고서 여태 모르고 있었다니.

그리고 한 가지 사실을 깨닫자, 그 외의 지식도 하나둘씩 떠오르기 시작했다. 여의봉의 사용법과 절지천통을 해제하는 방법까지 전부.

"이걸 가르쳐 준다는 건?"

"말하지 않았나. 벌을 받겠노라고."

"……."

"그래도 혹 나중이 되거든 기억이나 해 주시게. 영문도 알 수 없는 이유로 이곳까지 흘러들어 와 내내 그대들과 섞이지 못하고 붕 떠 있어야만 했던 우리들일세. 그렇다고 해서 우리가 생각했던 바들이 잘못되었다고는 생각지 않아. 어디까지나 각자가 가진 주관과 가치가 달라서 생긴 일일 뿐."

지호는 고개를 끄덕이며 석가여래에게로 손을 뻗었다.

화아아악!

황금색 빛무리가 카페 내부를 가득 채웠다.

빛이 사그라졌을 때에는 지호가 자리에 없었다. 그저 성재한만이 앉아 있을 뿐.

그는 가만히 눈을 뜨다가 한숨을 내쉬었다.

—회자정리 거자필반이라. 우리의 만남이 그러하였듯, 아마 헤어짐도 말도 없이 찾아오겠지. 그렇다고 너무 걱정하지는 말게. 인연이란 어디서 찾아올지 모르니. 여태껏 잘해 온 자네라면 앞으로도 잘해낼 게야.

* * *

까마득한 상공에서.

지호는 오른손에 여의봉을, 왼손에는 반쪽 남았던 석가

여래의 영혼을 찢어 만든 사리를 쥐고서 합쳤다.

순간, 여의봉이 환한 빛무리에 잠기면서 어마어마한 크기로 늘어났다.

지호는 그것의 끝단을 잡고 깊게 찔렀다.

철컥.

여의봉이 무언가에 걸린 듯하다.

지호는 자물쇠에 들어간 열쇠를 돌리듯이. 그것을 그대로 비틀어 옆으로 젖혔다.

그것이 마치 하늘을 찢는 것처럼 보였다.

마치 하늘이란 도화지에다가 붓질을 하는 것처럼 보이기도 했다.

그러자 여의봉의 끄트머리에서 일어난 빛이 거대한 궤적을 그렸다.

붉은색으로 점철된 거대한 궤적.

그것은 마치 멀리서 보면 하늘을 가로 지르는 별똥별로 보이기도 하고, 태양계를 감싸며 도는 혜성처럼 보이기도 했다.

또 다르게는 거대한 깃발처럼 보이기도 했으니!

마치 천계로 향하는 거대 군단의 진군을 알리듯이.

출정하라며 선두에서 기수들이 깃발을 흔들 듯이.

그것은 저승에서도, 4개의 하계에서도, 심지어 천계에서도 너무나 잘 보였다.

둥. 둥. 둥.

어디선가 울리는 전고 소리와 함께,

"전군—! 진군하라아아아!"

저승에서 대기하고 있던 모든 병사들이 지호의 깃발 아래에 모여 천계로 올랐다.

치우기(蚩尤旗).

「용어하도」에 이르길, 황제 헌원이 치우를 이긴 후 그의 얼굴을 그린 깃발을 하늘 높이 그렸다 하였고, 다른 여러 기록에서 꼬리가 굽어 깃발처럼 보이는 꼬리별[彗星]을 치우기라 하여 그 별이 나타나면 반드시 전쟁이 벌어진다고 하였다.

또한, 「사기」의 「천관서」에서 이르길, 상아 모양으로 그려진 치우기를 보고 나면 왕이 직접 사해를 정벌하며, 한나라의 시조 유방도 전쟁에 나서기 전에 붉은색으로 그린 치우의 영정 앞에 제사를 지내고 출정을 명령했다고 한다.

그렇게 붉은 치우의 깃발이 하늘에 흩날렸으니.

하늘을 따라 거대한 문이 열렸다.

61장

신들의 황혼

그날, 4개의 세상에서는.

은하수를 따라 새하얀 빛무리가 번져 나오면서 밤하늘을 가득 물들였다.

*　　　*　　　*

퍼러러럭!

붉은 깃발이 흩날린다.

그 아래 밀집된 저승의 군단은 어느 서로가 먼저랄 것도 없이 지호의 선봉 아래 단번에 천계를 침범했다. 하늘에서 대지로, 쏟아지는 그들은 마치 유성군처럼 보였다.

그리고 그 아래.

이미 저승의 침범을 일찌감치 예상하고 있던 천계의 군단 역시 일제히 고개를 들었다.

몇 안 되는 저승의 군단에 비하면 열 배 이상이나 많은 백만 대군을 이끌고서, 그들은 저마다 보패를 하나씩 쥐고 하늘로 몸을 던졌다.

콰아앙!

쾅! 콰앙! 콰아아아앙!

곳곳에서 잇달아 폭발이 일어났다.

그들 모두가 본디 각 세상과 시간대에서 한때 제일가는 영웅이라 불렸던 자들.

당연히 그들 하나하나가 뽐내는 무위는 하늘을 어지럽게 만들기에 충분했고, 그들 모두가 뭉쳤을 때는 하늘을 짓누르기에 충분했다.

이미 전쟁의 계획 따위는 없었다.

그저 저마다 자신들을 상징하는 깃발 아래에 몰려서 진군을 계속하는 것밖에는.

상대의 검을 빼앗고, 밀치고, 짓밟고, 휘두르고, 베고, 찌르기를 수없이 반복했다.

그저 서로 다른 점이 있다면 하나.

저승의 군단은 침범을 하려 하며, 천군은 이들을 막아서려는 수성(守城)의 입장이라는 것뿐.

마치 북유럽 신화 속에서 거론되는 신들의 마지막 전쟁, 라그나뢰크를 실제로 목격하게 되면 이렇지 않을까 싶을 정도였다.

이러한 혼란 속에서.

"제천대서어어어어엉—!"

하늘을 따라 전장을 압도하는 어마어마한 사자후가 울렸다.

저승의 군단이나 천군이나 어디를 가릴 것 없이 모두가 타격을 입고 휘청거린다.

전장을 가로지르는 붉은색 궤적.

지호의 화안금정에 화염창을 양손에 쥔 채 이쪽으로 떨어지는 나타가 비쳐졌다.

「대체, 대체 어찌하면 좋단 말인가! 나는 대체 어떤 길을 걸어야만 한단 말이냐! 모든 걸 엉망으로 만드는 상제냐, 아니면 질서를 어지럽히는 천마냐! 이들은 어째서 이것이 더한 슬픔을 준다는 걸 왜 모른단 말이냐!」

나타는 분노를 터뜨리는 모습과 다르게 속으로 눈물을 터뜨리고 있었다.

한평생 세상의 질서를 지키고자 살아왔던 장수에게 있어

서 지호와 옥황상제의 전쟁은, 이전에 있었던 마신들과의 싸움 때보다 더한 고통을 안겨다 주었다.

그렇게 오랜 고심을 거듭했지만.

그는 결국 옥황상제의 편에 서고 말았다.

어찌 되었건 간에 옥황상제는 여전히 자신이 모시는 주인이었으며, 질서를 주관하는 자였으니까.

평화를 위해서는 기존 질서가 낫다고 판단했다.

지호는 굳이 그 점에 대해서 따지고 싶지 않았다.

이미 선택은 그의 몫이었으며, 그렇다면 거기에 대한 책임도 자신이 맡는다는 것을 잘 알고 있을 테니까.

쐐애애애애액!

나타의 화염창이 어느새 지호의 미간에까지 닿았다.

그때까지도 지호는 이렇다 하게 막을 준비도 없이 태연해 보였다.

바로 그때, 갑자기 옆에서 다른 무언가가 툭 튀어나왔다. 나타는 가까스로 화염창을 돌렸다.

콰르르르르르르르!

불길이 사방으로 터져 나간다.

그 중심에서. 어느덧 난입한 이예가 소증으로 나타를 찌르려 하고, 나타는 화염창으로 아슬아슬하게 공격을 막아내는 양상이 벌어졌다.

"역시! 누구 제자인지는 모르겠지만, 제법이구나."
이예의 가벼운 감탄사.
하지만 나타는 이를 악물었다.
"꼭 이렇게야만 하셔야 했습니까, 스승님?"
"그럼?"
"이런 방법이 아니더라도 얼마든지……!"
"그 독선적인 상제에게 다른 방법을?"
"……."
"못난 녀석아. 너야말로 왜 모르는 것이냐? 이미 기존의 질서는 무너졌다. 우리들의 세상은 끝났어. 그런데도 끝까지 그걸 쥐고 있으려 하는 상제의 욕심이 옳다고 보는 거냐?"
"옳다고는 하지 않았습니다! 하지만! 이건 아닙니다!"
"서로가 서로의 정의가 옳다고 할 뿐이지. 결국 세상에 드러나는 건 승자의 정의일 뿐이고."
이예의 말에 나타는 낯을 구겼다가 이내 소리쳤다.
"좋습니다! 그렇다면 전 제 정의대로 스승님과 천마를 바로잡아 놓겠습니다!"
끼기기기기긱!
화염창을 돌리자 불똥이 수없이 튄다. 그리고 이예의 머리통을 쪼개기 위해 위로 튕겨 올랐다.
이예는 땅을 박차 최대한 뒤로 물러서면서 오른쪽 어깨

에 이고 있던 동궁을 뽑아 왼손에 쥐었다. 그리고 소증을 시위에 걸어 나타에게로 겨누었다.

나타가 땅을 박차며 이예에게로 쇄도했다. 그의 몸을 감고 있던 수많은 보패들이 튀어 올랐다.

풍화륜과 금전이 불길에 휘감기면서 더욱 빠른 속도로 날아 이예를 노렸다.

퓨퓨퓨퓨퓨퓻!

때마침 이예가 시위에서 손을 놓았다.

소증은 수십 수백 개로 쪼개지면서 금전과 풍화륜을 잇달아 격추하고, 방향을 도중에 꺾으면서 나타에게로 치달았다.

따다다다다다당!

나타는 화염창을 거세게 휘둘러 불의 장막을 만들어 모든 소증을 잘라 냈다.

동시에 몸을 거칠게 돌리면서 왼손에 감고 있던 건곤삭을 던져 이예의 오른손을 칭칭 감았다. 안쪽으로 세게 잡아당기자 이예가 나타에게로 딸려 왔다.

나타는 그쪽으로 화염창의 끝을 곧추세웠고, 이예는 무릎을 바짝 세우면서 위에서 아래로 떨어졌다.

콰아아아아아아앙!

스승과 제자의 싸움은 다른 사람들이 함부로 접근할 수

있는 구역이 절대 아니었다.

"나타가 저렇게 화를 내는 모습은 처음 보네. 스승님도 마찬가지고. 하아!"

그때 지상으로 한 무리가 나타났다.

새카만 얼굴.

새카만 날개.

뇌진자는 땅이 꺼져라 한숨을 내쉬면서 씁쓸한 얼굴로 지호를 바라봤다.

그의 옆에는 다른 사람들도 몰려 있었다.

반고월을 길게 늘어뜨린 끽구와 무미건조한 눈빛으로 서 있는 장수, 이랑진군.

"끽구. 친구와. 싸우기 싫다. 친구. 돌아와라. 려. 돌아와라."

끽구는 울먹거리는 표정이 되었다.

그의 눈에는 지호에게서 이전보다 더 려의 향기가 강하게 풍겼다. 려, 그 자체라고 해도 다르지 않았다.

지호는 고개를 가로저었다.

"안 되는 거, 알잖아."

"끽구. 그럼. 싸워야 한다."

"미안."

"친구. 너무한다."

끽구의 눈가를 따라 또르르 눈물이 흘렀다.

그리고,

콰콰콰콰콰콰콰콰!

순간, 끽구의 표정이 싸늘하게 변하더니 반고월을 거세게 휘둘렀다. 공간이 쪼개진다는 착각과 함께 개벽세가 대지를 휩쓸었다.

그때 대기하고 있던 비렴이 앞으로 튀어나갔다.

그는 날렵하게 개벽세를 넘는 것으로도 모자라, 단숨에 끽구에게로 날아들어 양손에 쥔 단검을 목덜미에다가 깊숙하게 박았다.

크오오오오오오!

끽구는 고통에 찬 비명을 지르면서 마치 상처 입은 맹수처럼 반고월로 비렴을 잡으려고 했다.

하지만 비렴은 풍백이라는 이름답게 바람처럼 너무 빨라 맞출 수가 없었고, 그럴 때마다 끽구는 더더욱 흥분해서 아예 섭공술로 잡으려 들었다.

그러나 비렴은 그마저도 능숙하게 피했다.

그러다 빈틈이 보이면 단숨에 치고 들어가 단검으로 급소를 찔렀다. 힘줄을 자르고, 경맥을 끊고, 척추를 여러 번 후려쳤다.

마치 이 지독한 수문장을 어떻게 하면 잡을 수 있는지 너무 잘 알고 있는 것 같았다.

뇌진자 쪽도 마찬가지였다.

어느새 신공표와 맞닥뜨린 녀석은 풍뢰시를 활짝 열고 먹구름을 잔뜩 부르고 있었다.

벼락이 떨어지고, 돌풍이 휘몰아쳤다.

신공표는 아홉 가닥으로 쪼개진 뇌공편을 풀어 한껏 휘둘렀다. 한 가닥 한 가닥이 뿜어내는 뇌기가 벼락을 가르고, 돌풍을 찢었다.

둘은 한 치에 밀리는 양상도 없이 팽팽한 접전을 벌였다.

이랑진군도 움직였다.

원체 말이 없기로 유명한 그는 이번 역시 아무 말도 않고 않았다.

대신에 오로지 지호의 목숨만을 원한다는 듯이 삼첨양인도를 뽑아 공세를 가했다.

여기엔 소호 금천이 나섰다.

"그동안 변한 후배들의 솜씨를 한 번 볼까?"

"허신이면 허신답게 원래 있던 곳으로 돌아가시오."

이랑진군이 삼신장 중 최강이라 불리듯, 소호 금천 역시 저승의 군단에서는 지호 다음의 서열을 자랑했으니 당연한 위치였다.

채채채채채채채챙!

이랑진군과 소호 금천도 오로지 상대의 명줄을 끊어 놓겠다는 생각으로 싸움을 시작했다.

모든 것이 어지럽기만 했다.

모두가 얽매이는 싸움.

서로가 서로를 물어뜯고 심장에 칼을 박는 싸움.

과거와 현재가 뒤섞이는 싸움.

모든 게 엉망인 싸움이었다.

하지만 그런 곳에서도,

'없어.'

옥황상제는 여전히 모습을 내비치지 않았다.

마치 이런 곳은 자신이 있을 곳이 아니라는 듯.

이런 진흙탕은 자신이 발을 들일 곳이 아니라며, 자신이 있을 곳은 이보다 더 위라고 말을 하는 것 같았다.

자신더러 찾아오라는 것일까, 아니면 자존심을 세우기 위한 것일까.

무엇이 되었든 간에 지호는 이런 난장판을 만들어 놓고도 여전히 고고한 척 위선을 떠는 옥황상제의 모습에 치가 떨릴 뿐이었다.

"오냐. 오라고 한다면 찾아가 주마."

지호는 이를 바득 갈면서 한 걸음을 성큼 내디뎠다.

두우우우우웅.

지면을 따라 파동이 울리면서 우보가 밟혔다.

순간, 세상이 정지했다.

여태껏 말세라도 찾아온 것처럼 죽어라 싸워 대던 모든 것들이 멈췄다.

저승의 군단도, 천군도. 이예와 나타도. 비렴과 끽구도. 신공표와 뇌진자도. 소호 금천과 이랑진군도.

모든 게 보이지 않는 힘에 단단히 결박된 것처럼 옴짝달싹할 수 없었다.

특히 이랑진군의 낯은 새하얗게 질리기까지 했다.

"우…… 보?"

그들이라고 해서 한때 마신들을 단번에 봉신시켰던 우보를 모를 리가 없었다.

하지만 이건 그들이 아는 것보다 훨씬 강했다.

단순히 우보가 공간을 결박시킨다면, 이건 세상 자체를 구속한 것만 같았다.

그때 두 번째 걸음이 내디뎌졌다.

~~두우우우우우우웅~~.

천군을 비롯한 천계의 장수들 모두가 원래 있던 전장에서 찢겨 나와 이상한 공간 위에 떠 있었다.

그들은 그제야 지호가 자신들을 대동한 채로 축지를 시전하고 있단 사실을 깨달았다.

그렇다면 목적지는 단 하나.

"아, 안 돼……!"

하지만 그들이 뭐라고 떠들건 간에 지호는 우보를 멈추지 않았다.

세 번째, 네 번째, 다섯 번째.

걸음을 내디딜 때마다 그들을 둘러싼 공간이 바뀌고, 그럴 때마다 우보에 실린 공간의 무게가 곱절로 늘어나면서 도시가 잇달아 파괴되었다.

천계로서는 그때마다 수십 개의 수소 폭탄이라도 얻어맞은 것처럼 쑥대밭이 되어 어떻게 손을 쓸 수도 없었다.

그렇게 여섯 번째를 넘어 마지막 일곱 번째 걸음이 되었을 때.

옥황상제가 머물고 있던 현도옥경이 단번에 초토화되면서 그 위로 백만에 달하는 천군들이 대거 곤두박질치고 말았다.

"크르르륵."

"말도 안 돼……!"

백만 대군 사이로 경악이 흘렀다. 더 이상 우보가 느껴지지 않았지만, 아직도 뭔가가 그들의 육신과 영혼을 옥죄고 있는 듯 몸을 파르르 떨었다.

그만큼 지호가 보여 준 신위는 너무 압도적이었다.

그들로서는 절대 다가갈 수 없는 벽처럼 느껴졌다.
그림자조차 밟지 못할, 까마득한 것으로 여겨졌다.
"려…… 너무. 세다. 려. 더 강해졌다."
특히 려와 지호를 모두 기억하고 있는 끽구의 눈빛은 아득해져만 갔다. 처음으로 암담함이 느껴졌다.
하지만 끽구는 다시 자리에서 일어났다.
"하지만. 끽구. 려. 못 보낸다. 여기는. 희의 땅. 아무도. 오지. 못하게 하랬다."
반고월을 지팡이 삼아 후들거리는 다리로 일어선다. 눈빛은 지호에게 단단히 고정되어 그쪽으로 성큼 다가섰다.
쿵!
7미터도 넘는 거구가 움직였지만, 이상하게 오늘따라 끽구는 너무나 왜소하게 보였다.
그때 지호가 쓰러진 백만 대군 사이로 난 길을 걸었다.
뚜벅. 뚜벅.
저 멀리.
무너진 현도옥경의 끝에, 유일하게 온전히 남은 옥좌가 있었다. 온갖 금과 화려한 보석으로 치장된 자리에 앉아 다리를 꼬고 턱을 괴며 재미나다는 듯이 이쪽을 지켜보고 있는 자.
옥황상제는 마치 희극이라도 보고 있는 것처럼 입가에

미소마저 띠고 있었다.

지호는 놈의 면상에다가 주먹이라도 박아 줄 생각으로 걸으려 했다.

그걸 끽구가 막아섰다.

어떻게든 못 넘어간다는 눈빛.

지호는 앞으로 손을 뻗었다.

"끽구, 비켜."

"못. 간다. 절대."

"두 번 경고는 안 해. 비켜."

"못 간……!"

끽구의 말은 길게 이어지지 못했다.

지호가 옆으로 손을 휘젓자 끽구는 마치 보이지 않는 손에 뒷덜미를 잡힌 것처럼 홱 하고 바깥쪽으로 튕겨 나고 말았다.

이미 비렴에 의해 크게 다쳤던 몸. 상처가 더 크게 도지면서 피를 잔뜩 쏟아 낸 녀석의 눈에서는 점차 생기가 꺼져 갔다.

"안 된다……!"

"폐하를 지켜야 한다! 어떻게든 막아!"

하지만 끽구의 그런 모습이 촉발제가 되었다.

도당의 최고신들이며 병사들까지 끽구를 따라 일어서서

지호에게 달려들었다.

그러나.

콰아아아아아아앙!

퍼퍼퍼퍼퍼퍼펑!

그 누구도 지호의 근처로 접근조차 하지 못했다.

손날을 휘두를 때마다 빛무리가 터지면서 수백 수천 개의 황금색 빛줄기가 놈들을 휘젓고, 발을 내딛을 때마다 충격파가 일어나 수백 수천 명을 튕겨 낸다.

대군의 규모가 삽시간에 줄었다.

지호는 그들을 제 손으로 일일이 죽였다.

나타는 화염창을 곧추 세워 지호의 목을 찌르려 했지만, 지호가 손날을 휘둘러 화염창을 분지르고 나아가 불꽃 사이로 드러난 그의 목을 꺾었다.

뇌진자는 벼락 수백 개를 한데 응축시킨 뇌기를 발산하려다 되레 공간을 뒤틀어 버린 지호의 손길을 벗어나지 못하고 그대로 쓸려 나가고 말았다.

이랑진군은 심장이 처참하게 꿰뚫렸고, 모든 별을 관장한다는 삼계공은 죄다 머리가 터져 나갔다. 도당 최고신들의 영혼은 갈기갈기 찢기고, 천병들은 마치 코끼리 발바닥에 짜부라진 개미 떼처럼 으스러졌다.

지호는 폭풍 속을 마구잡이로 헤집으며 나아가 끝내 옥

황상제의 옥좌가 있는 층계까지 도착했다.

치우기 아래에 따라왔던 저승의 군단은 도저히 끼어들 틈도 없었다.

그리고 그때까지도 옥황상제는 꿈쩍도 않았다.

지호는 피를 흠뻑 뒤집어쓴 채 층계 위에 있는 놈을 올려다봤다.

놈도 지호를 내려다봤다.

두 사람의 눈동자에 상대방이 비치고, 온갖 다양한 감정들이 스쳐 지나갔다.

희와 려에게서 촉발되었던 싸움.

이 모든 게 거기서 비롯된 연장선이었다.

그리고 또한 이것은 그때 희의 승리로 끝났다고 생각했던 창세의 '진짜' 마지막이란 사실을.

그랬다.

세상은 아직도 창조가 한창 진행 중이었던 것이다.

하늘과 땅이 분리되고, 신과 인간이 나뉘어졌다지만 그것은 어디까지나 겉보기에만 그럴 뿐.

여전히 너무 많은 것들이 신의 손에 들려 있었다.

그것이 끊어져야만 창세가 끝날 터였다.

그리고 지호는 이것이 여와가 인과율을 통해 깔아 둔 안배란 사실도 알았다.

제천대성이라는 이름으로 계속 이 세상에 나타나 매번 옥황상제에게 도전했던 존재들은, 여전히 세상의 줄을 제 손에 쥐고 있는 놈을 끌어내기 위해 쓰이려던 '도구' 였던 셈이었다.

그리고 지호는 자신이 도구가 되었단 사실에도 아랑곳하지 않고 몸을 날렸다.

쐐애애애애애액!

"어딜!"

그때 별안간 사오정이 튀어나와 항요도를 거칠게 휘둘렀다.

하지만 지호는 단숨에 항요도를 분질러 버리고 사오정의 목젖을 틀어쥐었다.

순간, 사오정과 지호 사이에 눈길이 마주쳤다.

이미 손오공과 하나가 된 지호였기에 사오정에 대한 감정은 이전과 많이 다를 수밖에 없었다.

「나를 여태껏 유일하게 이해해 주셨던 분이다. 배신으로 점철된 내 삶을 채워 주신 분이다. 네가, 네가 아무리 내 의형제라 해도 저 분의 그림자조차 밟지 못할 것이다……!」

대체 무엇이 여태껏 사오정을 이리도 비뚤어지게 만들었는지 모른다.

어쩌면 그는 삶의 마지막이라고 생각했던 천축행이 모두

끝나고 일행들이 뿔뿔이 흩어졌을 때, 한 번 무너질 뻔했던 자신을 다시 붙잡아 준 옥황상제의 손길에 자꾸만 의지하는 것인지도 몰랐다.

하지만 지호는 사오정의 그런 사정 따위 전혀 고려치 않았다.

일일이 따진다면 세상에 사연 없는 사람이 대체 어디에 있을까.

사오정의 그런 생각 따위 전혀 알고 싶은 마음이 없었다. 그저 자신이 택한 길이었기에, 죽음도 불사르려 하는 녀석의 각오도 느껴졌기에 거기에 응대해 줬다.

손에 힘을 줬다.

우드득. 사오정의 머리가 돌아갔다.

오랜 동료이자 의형제를 제 손으로 죽였다는 사실에 마음 한 편이 휑해졌지만, 지호는 걸음을 멈추지 않았다.

도리어 이 모든 것들을 조장케 한 옥황상제에게 분노를 쏟아 냈다.

그때 옥황상제가 움직였다.

여전히 입가에 미소가 만연한 그는 손을 뻗어 가볍게 뒤집었다.

건곤대나이.

하늘과 땅을 뒤집는 힘에 세상 전체가 역전(逆轉)되었다.

하지만 바뀐 건 하늘과 땅의 위치가 아니었다.

분명히 지호에게 방금 전에 죽었을 천군. 도당 최고신들이며 하급 신들, 천병들 가릴 것 없이 그들 모두가 자리에서 일어났다.

터진 머리가 복구되고, 찢긴 팔다리가 도로 붙었다. 눈동자에는 생기마저 느껴졌다.

망자나 사자(死者)를 되살리는 사악한 술법 같은 게 아니었다.

그들은 모두 숨을 쉬었고, 신력마저 뿜어냈다. 도리어 우보에 짓밟히기 전보다 더 생생해 보였다. 전부 생생하게 살아 있었다.

옥황상제가 역전시킨 것은 인과(因果)였다.

인(因)과 과(果)의 위치를 의도적으로 바꾸어 살아 있다는 결과를 먼저 상정시키고, 거기에 연결되어 있던 인을 모두 끊어 옥황상제가 원하는 방향으로 재연결시킨 것이다.

옥황상제는 세상의 질서를 주관하는 존재.

모든 것이 그의 손끝에 달려 있었다.

세상 전체를 뒤덮는 하늘의 그물도. 인과율이라는 촘촘한 실뭉치도.

그가 원하는 대로 짜고, 틀고, 자르고, 붙이고, 이을 수가 있었다.

다만, 못하는 것이 있다면 시간과 공간을 거스를 수 없다는 점이었다.

인과를 짜 맞출 수 있다지만 이미 흘러가 버린 것까지 맞출 수는 없었다.

공간과 시간을 완전히 벗어난 것에 대해서는 손을 댈 수 없었기에, 인과를 재편한다고 해도 어느 정도의 한계선이 있을 수밖에 없었다.

그렇기에 옥황상제는 그 한계선마저 넘을 수 있는 힘을 얻고자 했다.

그래야만 자신을 하늘에 묶게 한 절지천통을 취소하고 오롯이 이 세상 전체를 손에 쥘 수 있었다. 그리고 자신이 원하는 입맛대로 바꿀 수 있었다.

반면에 지호는 시간과 공간을 제 의지대로 다룰 수 있었지만, 거기에 소속된 세밀한 인과를 바꿀 수가 없었다.

그렇기에 둘은 완벽한 존재가 되기 위해서 서로의 능력을 필요로 했고, 서로를 잡아먹고자 했다.

지호와 옥황상제가 부딪쳤다.

하지만 이상하게 굉음이 울리지 않았다.

막대한 힘과 힘의 충돌인데도 아무런 변화도 없었다. 천계를 뒤흔드는 지진도, 4개의 세상을 뒤집는 충격도 뒤따르지 않았다.

긴장을 잔뜩 했던 신들도 뭔가 이상하다는 생각에 그쪽으로 고개를 돌렸다가 경악했다.

두 황이 충돌한 지점에서.

소리 없는 폭발이 있었다.

마치 우주의 시원이 한 점의 폭발에서 비롯되었듯. 반고가 태어난 혼돈이 처음에는 하나의 좁디좁은 곳에 불과했듯.

폭발에서 시작된 힘의 팽창은 단숨에 신들을 집어삼키고, 천계를 먹어 치웠다.

그러다 틀을 고정시켰던 절지천통이 모두 끊어지면서 4개의 세상 전체로 뻗쳐 나갔다가, 끝내 삼도천을 건너 저승을 모두 뒤덮고, 나아가 세상의 밑바닥인 마해에까지 닿았다.

모든 세상의 구분이 사라졌다.

마치 수미산 때처럼 세상 전부가 연결되었다.

천계와 저승도. 동승신주, 서우화주, 남섬부주, 북구로주도.

하지만 그 사실을 깨달은 사람은 아무도 없었다.

신경이 예민한 사람들 중 몇몇은 아주 짧은 순간에 있었던 이명에 눈살을 살짝 찌푸렸지만, 곧 착각이겠거니 다시 자기 생활로 돌아갔다. 대부분의 사람들이나 생명체들은 눈치도 채지 못했다.

각 세상은 원래 그 자리 그대로, 돌아가던 그대로 계속 돌아갔다.

원체 분리되어 오랜 세월이 흘렀기에 이미 그렇게 규정되어 버린 것이다. 이전에 지호가 빛의 화신으로 변하면서 있었던 때와는 전혀 다른 광경이었다.

하지만 이면에서는 보이지 않는 싸움이 계속 이어졌다.

이데아의 색이 수없이 변했다.

어떤 때는 지호의 것으로. 또 어떤 때는 옥황상제의 것으로.

한쪽은 한쪽의 영역을 침범하려 들었고, 상대로부터 자신의 영역을 막으려 들었다. 그렇게 상대의 힘을 물어뜯고, 삼키고, 먹어 치우다, 도로 뜯기고, 삼켜지고, 또 먹히길 반복했다.

저 우주 한쪽에서는 폭발이 일었다. 또 다른 공간 한쪽에서는 유리된 공간이 나타났다가 사라졌고, 다른 어떤 곳에서는 뭔가가 나타났다가 사라졌다.

개념과 개념이 충돌했다.

그 싸움은 영원히 이어지는 것이기도 했고, 아주 찰나에 불과한 것이기도 했다. 또한, 누군가에게는 과거에 벌어진 일이기도 했으며, 미래에 벌어질 일이기도 했다.

그렇게 둘은 마치 물과 기름처럼 엎치락뒤치락하다가, 언제부턴가 서로 뒤섞이기 시작했다.

개념과 개념이 부딪치는 부분. 영역과 영역이 중첩되는 부분. 시간과 공간이 혼재되는 부분. 인과의 구분이 사라진 부분, 그곳에서.

혹은 외부의 간섭을 절대 받지 않는 시간의 바다에서.

쿠우우우우우우웅!

어느새 상(像)으로 현신한 지호가 옥황상제의 목을 틀어쥐고 지면에 내려찍혔다. 시간의 바다가 모조리 증발해 사라지고, 삼신산이 거기에 휩쓸려 평지가 되었다.

옥황상제의 목이 돌아갔다. 단풍잎처럼 시뻘건 두 눈이 붉게 충혈 되었다.

이대로 더 힘을 준다면 옥황상제의 머리가 완전히 돌아갈 순간에, 옥황상제가 손날을 세워 지호의 심장을 뚫었다.

퍼어어어억!

서로가 서로의 명줄을 틀어쥔 채, 지호와 옥황상제는 누가 먼저랄 것도 없이 상대의 영혼을 먹어 치우기 위해 입을 쩍 벌렸다.

허무와 허무가 열리면서 다시 한 번 충돌했다.

하지만 허무는 모든 걸 삼킬 줄만 알지, 절대 뭔가를 꺾거나 이기는 특성은 갖고 있지 않았다. 그건 혼돈 때부터 존재했던 특징 때문일 것이다.

덕분에 허무와 허무는 서로 연결이 되어 더 큰 허무가 열렸다.

지호와 옥황상제는 허무에다 모든 힘을 실었다.

허무가 확장을 거듭하고, 이번에는 이데아의 색이 허무로 변질되었다.

쿠쿠쿠쿠쿠쿠!

이대로 뒀다가는 세상 전체가 허무에 녹아내려 모든 것이 파멸될 상황.

창세가 아닌 종말이 찾아올지 모를 일이었다.

지호는 이것이 부처들이 그토록 자신에게 떠들어 대던, 그들이 그토록 예견했다고 말하던 말세의 한 단면일지도 모른다는 생각이 얼핏 들었다.

하지만 그런 생각은 잠시였고, 지호는 옥황상제를 허무에다 집어던지기 위해 바짝 힘을 주었다.

우드드득.

옥황상제의 목이 돌아갔다.

콰드드드드득.

마찬가지로 지호의 심장도 으깨졌다.

누가 먼저랄 것도 없이 서로 쥐고 있던 상대방의 명줄을 뜯어 버리고,

퍼어어어어억!

둘은 동시에 다른 손을 날렸다.

지호는 옥황상제의 심장을. 옥황상제는 지호의 목을 향해.

*　　*　　*

찰나이기도, 영원이기도 한 지호와 옥황상제의 싸움이 진행되는 동안.

저승의 군단과 천군의 전쟁도 막바지에 이르고 있었다.

그들은 서로가 모시는 황의 부속품이 되어, 그의 상을 대변하고, 그의 의지를 집행하고, 그에게 위대한 승리를 가져오기 위해서 찌르고, 찌르고, 또 찔렀다.

야마는 그런 오랜 연인과 동료들의 싸움을 지켜봤다.

차디찬 금속음. 매캐한 연기 냄새. 곳곳에 낭자한 피. 흩날리는 검은 재. 타오르는 불꽃.

이러한 광경은 저승에 들기 전에 수도 없이 보았던 것이기도 했으며, 또한, 그녀가 섰던 땅의 모습이기도 했다.

옛 상고 시대의 일들.

모든 것이 과거로 돌아가고 있었다.

모든 것이 되풀이되고 있었다.

지난날의 악몽이 되살아나는 것 같았다.

행복했던 자신에게서 연인을 빼앗아 가고, 춤밖에 출 줄 모르던 자신에게 처음으로 검을 들게 하고 투구를 쓰게 만들었으며, 자신을 까마득한 세월 동안 저승에 머물게 했던 악몽이.

'어머니. 어머니께서 원하는 건 대체 무엇입니까?'

야마는 아픈 가슴을 움켜쥐었다.

어디론가 간곡하게 호소하지만, 대답은 들리지 않았다.

'이것이 끝내 당신께서 꿈꾸던 것이란 말이십니까!'

언제나 이랬다.

어머니 여와의 뜻은 대체 어디에 있는지 짐작할 수가 없었다. 그저 어머니는 뭔가를 그려 내려고만 했다.

그 속에는 선의도 악의도 없었다.

오로지 옛 수미산이었던 이 땅을, 자신이 가꾼 이 세상을 더 나은 길로 인도하는 것밖에는.

그런 과정에서 언제나 다치는 것은 황이란 존재였고, 신녀란 존재였다.

하지만 그렇기에 더더욱 묻고 싶었다.

어머니 여와가 그리시는 인과율에서, 대체 나라는 존재는 어디쯤에 있느냐고. 어머니 여와가 그리시는 그림이 대체 무엇인지 짐작이 가질 않았다.

분명 자신으로 하여금 저승에 들게 만들고, 동승신주로 몸을 숨기게 하여 지호를 그쪽으로 끌고 와 인연을 맺게 한 것은 어떤 바라시는 바가 있어서일 텐데.

우연도 필연도, 모든 연(緣)이란 당연히 그분의 의지가 따랐기 때문이라고 볼 수밖에 없었다.

그러다 야마는 깨달았다.

'……그런 것입니까? 어머니. 제가 할 일이란 건.'

지호가 남섬부주에서 인연을 맺었던 존재.

모든 세상이 정지해 있던 동안에 잠깐 마주쳤던 여인이 떠올랐다.

'드디어 제가 할 일을 찾았군요.'

야마는 살짝 미소를 지었다.

'여태껏 내가 지호에게 도움을 받았으니.'

그녀는 어느덧 단단해진 눈으로 서로를 잡아먹으려 으르렁거리는 지호와 옥황상제를 돌아봤다.

'이제는 내가 도와줄 차례였구나.'

* * *

"……!"

"……!"

지호와 옥황상제는 서로 간에 아무 말도 없었다.

지호가 손오공과 싸울 때에 온갖 고성방가가 오고 갔던 걸 생각한다면, 그만큼 서로가 이 싸움에 대해 한 치의 흐트러짐도 없다는 뜻이었다.

덜덜덜—

둘의 기세는 어느 한 치도 밀리지 않는 백중세여서, 어느 누구 하나라도 집중이 흐트러지면 모든 게 나락으로 떨어지고 마는 아슬아슬한 절벽 위 다리를 걷는 것과 같았다.

그때 지호는 옥황상제의 목덜미에 입을 갖다 댔다.

마치 야수가 먹이를 먹어 치우듯, 포식자가 되어 식령을 시도했다.

살점이 뭉텅이로 뜯겼다. 피가 튀었다. 영혼의 일부가 갈취되었다.

옥황상제는 처음으로 고통에 찬 비명을 질렀다.

지난 반만년 간, 아버지 희를 제외하고는 자신에게 이런 수모를 겪게 만들었던 사람은 아무도 없었기에 더더욱 화가 났다.

쥐고 있던 지호의 척추를 뜯었다. 그리고 손끝에서 허무를 열어 지호의 영혼을, 려의 영혼을 탐닉했다.

순간, 지호의 몸이 빳빳하게 굳었다.

옥황상제를 포식하려 했는데 이상하게 목이 턱 하고 막

혔다. 목젖으로 넘어가야 하는데 넘어가질 않았다. 도무지 삼켜지질 않았다.

그 순간, 지호는 옥황상제와 눈을 마주쳤다.

녀석이 일그러진 웃음을 던지고 있었다.

그때 깨달았다.

녀석이 이걸 의도했다는 사실을.

"아마도 이쪽은 내가 위인 것 같군."

"……!"

한껏 지껄여 대는 녀석에게서 풍기는 사념.

지호가 이번에 처음으로 려로서 자신을 갖추고 손오공의 도움으로 반고를 삼켰던 것과 다르게, 옥황상제는 이미 오래전부터 수많은 신들을 먹어 왔었다.

그중에는 녀석의 아버지, 희도 있었고, 희와 함께 유웅을 건설했던 가신들도 있었으며, 당대 수미산의 108국을 다스린 왕들도 있었다. 그 후로도 삼신산에 칩거하면서 입가심으로 삼켰던 신들이 아주 많았다.

그런 녀석에게 있어 식령이라는 행위는, 지호보다 한 수 위일 수밖에 없었다.

지호는 옥황상제를 밀어내려 했다. 하지만 놈은 꿈쩍도 않았다.

도리어 더더욱 사이한 미소를 지으면서,

"아버지가 그러했듯, 너 역시 내게 깃들어라. 려."

그렇게 지껄이며 지호를 안쪽으로 잡아당겼다.

지호는 이대로 있다가는 위험하겠다는 생각에 뇌벽세를 한껏 응축시켰다가 터뜨리면서 몸을 반대 방향으로 튕겨 냈다.

영혼 중 상당수가 이미 옥황상제에게 뜯긴 듯, 순간 현기증이 핑 돌았다.

옥황상제는 그 틈을 놓치지 않았다.

단숨에 간격을 좁혀 오면서 손날로 지호의 복부를 깊게 찌르고,

퍼어어어억!

바로 입을 쩍 벌려 지호의 오른팔을 물었다.

어깨가 통째로 뜯겨 나갔다. 영혼이 갈가리 찢기는 통증에 눈앞이 캄캄해졌다.

지난날들의 일이 떠올랐다.

희에 의해 꽁꽁 묶여 영혼이 천참만륙 되던 날. 수없이 잘게 쪼개진 영혼들이 수미산 곳곳으로 흩어지고, 그중 일부만이 겨우 남아 환생을 거듭해야만 했던 일들이 되풀이되려는 것일까.

옥황상제는 손을 뻗어 지호의 목을 움켜쥐었다.

지호 역시 옥황상제의 멱살을 쥐려 했지만, 이미 심하게

도진 현기증은 손을 어지럽게 만들었다. 때문에 지호는 뭔가에 딸려 올라간 것처럼 놈의 손에 대롱대롱 매달렸다.

차갑게 올라간 옥황상제의 붉은 눈이 지호를 보면서 한껏 웃었다.

그리고 다시 한 번 입을 쩍 벌리면서 지호를 삼키고자 시도했다.

그때.

좌르르르르르르륵!

갑자기 옥황상제 뒤편 곳곳에서 허무가 열리더니 쇠사슬이 튀어나와 그의 목과 사지를 꽁꽁 묶었다.

덕분에 옥황상제는 지호의 목덜미에 닿기 직전에 멈춰야만 했다.

"건방진……!"

승리를 눈앞에 두고도 움직이지 못하는 처지에 놓인 옥황상제가 버럭 소리를 질렀다. 어떻게든 쇠사슬을 뜯어내려 하지만, 지호는 거기에 불어 넣은 의지를 절대 놓지 않았다.

아니, 도리어 옥황상제를 묶어서 허무에다 집어던지겠다는 듯, 쇠사슬을 허무 쪽으로 잡아당기면서 녀석을 끌어내려고까지 했다.

좌르르르륵, 좌르르르르륵!

지호와 옥황상제 간에 힘겨루기가 팽팽하게 이뤄지려는데,

팟!

그 순간, 야마가 움직였다. 어느새 한 손에 검을 쥐고 옥황상제의 목을 노렸다.

쐐애애애애액!

예상했던 것 이상으로 빠른 칼놀림.

이미 몇 차례나 야마를 노렸던 적이 있던 옥황상제였기에 그녀가 얼마나 강한지 잘 알고 있었다. 무엇보다도 그녀는 그가 있기 훨씬 전부터 수미산에서 활약을 벌였던 전사이기도 하지 않은가!

옥황상제는 있는 힘을 다해 몸을 옆으로 틀었다. 쇠사슬이 빳빳해지면서 그를 잡아당기려 했지만, 아랑곳하지 않고 입을 쩍 벌려 허무를 드러냈다.

파밧!

칼날이 옥황상제의 목에 박혔다. 하지만 더 깊게 박히기 전에 잔혹한 포식자의 이빨이 야마의 옆구리를 한껏 뜯고 지나갔다.

피가 사방으로 튀면서 야마의 몸이 무너져 내렸다.

쓰러지기 바로 직전, 지호와 눈이 마주쳤다. 그녀는 웃고 있었다.

드디어 그를 도와줬다는 안도감.

그의 옆에 설 자격을 얻게 되었다는 즐거움.

그 모든 것들이 느껴졌다.

마치 무성 영화처럼. 지호는 소리 없는 비명을 질렀다.

그때 쇠사슬을 뽑아내던 허무가 더 크게 열리면서 그 너머에 있던 것이 대가리를 내밀었다.

크오오오오오!

청룡 성은 아가리를 쩍 벌려 옥황상제를 한 입에 삼켰다.

"아, 아, 안 돼애애애애앳!"

옥황상제가 빠져나가려 움직여 댔지만, 그럴수록 지호의 분노를 느낀 청룡은 아가리에 더더욱 힘을 바짝 주면서 잘근잘근 씹어 댔다.

옥황상제는 그렇게 곤죽이 되었다가 여의봉 속에 갇히고 말았다.

파스스.

청룡은 빛무리에 휩싸였다가 다시 여의봉이 되어 지호의 손에 들어왔다. 끝단에 새로운 명단이 추가되었다.

俊

준.

옥황상제의 이름이었다.

드디어 오래디오랜 싸움에 종지부를 찍는 순간이었다.

더불어 지호는 영혼 한편에서 여태껏 느꼈던 것과는 또 다른 무한한 힘이 샘솟는 걸 느꼈다.

찰칵. 찰칵. 여태껏 떨어졌던 뭔가가 다시 맞물리는 것 같았다.

그것이 여와의 의지를 대변하는 존재, 황이 가져야 할 태양로와 홀의 결합이라는 사실을 깨닫는 건 그리 어렵지 않았다.

하지만 지호는 드디어 해냈다는 기쁨을 누릴 겨를이 도저히 없었다.

"야마!"

쓰러진 연인에게 다가가 그녀를 안았다.

야마는 안색이 파랬다. 핏기가 가신 얼굴. 하지만 웃고 있는 모습이 묘한 아름다움을 풍겼다.

"드디어…… 그대에게 복수했다."

"무슨 소리를 하는 거야!"

"전에. 날 버리고 떠나질 않았나. 그 복수라고."

아마 연인을 잃고 저승으로 홀로 와야만 했던 자신의 모습을 이야기하는 것이리라.

"지금 농담할 때 아니잖아! 있어 봐. 어떻게든……!"

지호는 야마의 상처에다 손을 갖다 댔다. 이미 전지와 전능, 완벽을 모두 이룬 자신이라면 그녀를 되살리는 것도 무리는 아니리라.

하지만 지호의 시도는 오래가지 못했다.

갑자기 야마가 그의 손을 잡아 안쪽으로 와락 끌어당기더니 불쑥 일어서서 지호를 안았다. 마치 그녀가 그를 보호하는 듯한 모양새.

그리고,

퍼퍼퍽!

어느덧 야마의 육체를 꿰뚫고 검이며 창, 화살 따위가 꽂혔다.

저 멀리, 어느덧 난입을 시도했던 사흉의 얼굴이 딱딱하게 굳는 게 보였다.

"야마아아아아아아아!"

지호는 파르르 눈꺼풀을 떨다가 고개를 떨어뜨린 야마를 품 안에 끌어안으며 울부짖었다.

하늘 위로 허무가 열렸다.

허무가 모든 걸 덮었다.

천계와 저승, 4개의 주를 포함한 이 세상 전부를.

*　　*　　*

그 순간, 모든 게 정지했다.

세상 전체에 고루 뿌려진 인과율의 기능이 정지하고, 시간과 공간이 멈췄다.

길을 걷던 사람들도, 하늘을 올려다보던 사람들도, 뛰어놀던 동물이나 살랑살랑 흔들리던 식물들도 전부. 과거부터 현재, 그리고 있어야 할 미래까지도.

그리고 그 이면에서.

지호는 홀로 외딴곳에 있었다.

사흉도, 저승의 군단도, 천군도 모두 사라진 무(無)의 세계. 품에 안고 있던 야마도 더 이상 없었다.

대신 중심에 홀로 세계수를 휘감은 여인이 있었다.

"당신은……?"

"이렇게 이야기를 나누는 건 처음이지, 아마?"

여와.

인과율이자 세계수. 이데아의 총칭이며 이 세상의 근본을 이루는 여인이 따스하게 웃고 있었다.

하지만 반대로 지호는 인상을 굳혔다.

"이 모든 게 당신이 원하던 것입니까?"

인과율은 창세에서부터 언젠가 다가올 종말까지, 그 모든 걸 규정짓는 하나의 거대한 의지였다.

당연히 그에게서 야마를 앗아간 건 여와의 뜻일 수밖에

없을 터.

지호는 그 점이 화가 났다.

상고 시대에도 헤어져야만 했던 연인이 아닌가. 이제야 겨우 다시 만났고, 싸움도 모두 끝나 남은 생을 그녀와 보내고 싶었었는데.

여와는 그런 마지막 남은 행복마저 앗아 가려 하고 있었다.

하지만 여와는 태연했다.

"그렇다면 그런 것이고, 아니라면 아닌 것이란다."

"그게 무슨……!"

"너는 모든 게 규정되어 있다고 생각하겠지. 하지만 아니란다. 만약 모든 게 정해져 있다면. 모든 의지가 조작된 것이라면. 여태껏 네가 살았던 생애도, 네가 야마에게 품었던 감정까지도 모두 거짓이지 않을까?"

지호는 여와가 하는 말이 무엇인지 알 것 같았다.

아니, 사실은 알고 있었다.

자신의 야마에 대한 사랑은 진짜였으니까.

그리고 신들로부터 세상을 배제시켜 창세를 끝내겠다는 생각까지도.

"……그럼 이건 대체 뭡니까? 왜 이렇게 되어야 하는 겁니까! 왜! 왜!"

하지만 지호는 도무지 그걸 쉽게 받아들일 수 없었다.

원망의 대상이 사라진다면 누굴 탓해야 한단 말인가.

"아아. 불쌍한 아이 같으니."

여와는 천천히 가까이 다가와 지호를 품에 끌어안았다.

지호는 저항하려 했지만 끝내 따스한 손길을 거부하지 못했다.

"하지만 잊지 말거라. 그 아이는 너를 진심으로 사랑했었다는 사실을. 오랫동안 네가 돌아오길 기다렸던 가녀리고 또 가녀린 아이가 아니더냐."

"……."

여와는 지호의 눈가에다 손을 덮었다.

그리고 머릿속으로 수많은 잔상들이 쏟아졌다.

사실 려는 희의 계략에 붙잡혔던 당시로부터 얼마 지나지 않아 죽었었다.

후에 다시 나타나 치우기 아래에 72마신들을 끌어모아 탁록 전쟁을 벌였던 것은, 사실 그가 아니었던 것이다.

다름 아니라 야마였다.

그랬다.

저들이 아는 효마는, 려가 아닌 야마였다.

려가 남긴 동두철액의 투구를 뒤집어쓰고, 흑색 갑옷을

입고서, 칠흑 같이 어두운 검을 손에 쥔 채로 전장을 호령하던 자.

야마는 려를 구하기 위해 여와에게 힘을 달라고 간청했으며, 싸움이 끝난 뒤에는 자진해서 저승으로 들어가길 원했다.

혹시나 그를 만날 수 있을까 싶어서.

수십으로 나뉘어졌지만, 그중에 일부가 남아 저승으로 흘러 들어온다면 다시 만날 수 있을까 싶어서였다.

야마는 그런 형태로라도 려를 보고 싶었다.

자신을 잊었다고 해도 먼발치에서나마 려에게 말하고 싶었다.

이전에 제대로 인사도 나누지 못하고 헤어져야만 하지 않았던가. 그러니 이번에는 제대로 작별 인사라도 건네고 싶었다.

하지만 인사는 가슴에만 묻어 둔 채, 영영 그를 만날 길은 요원해 보였다.

그렇게 흐른 세월이 장장 반만년.

수미산이 분리되고, 세상이 돌아가고, 저승이 안착하기까지 너무나 오랜 세월이 흘러 버리고 말았다.

"……."

"보았느냐?"

여와는 지호의 눈을 가렸던 손길을 거뒀다.

지호는 무겁게 고개를 끄덕였다.

자신 역시 어림짐작은 하고 있었지만 알지 못했던 세월들이었다.

여와가 그에게 보여 준 것은 지난 반만년 동안 오로지 그가 돌아오길 기다리는 야마의 쓸쓸한 뒷모습이었다. 매일 밤 한결같이 나와서 저승의 붉은 하늘을 올려다보던 그녀는 누군가를 애타게 그리고 있었다.

"하면, 이제 네가 뭘 해야 할지 알겠지?"

스르르.

여와는 지호에게서 떨어져 다시 자신의 자리로 돌아갔다.

"예."

지호는 무겁게 고개를 끄덕였다.

"이젠…… 제가 기다릴 겁니다."

여와의 입가에 미소가 번졌다.

그녀는 더 이상 말하지 않았다. 그것이면 충분하다는 듯, 짧은 웃음과 함께 허무에 녹아 사라졌다.

찰칵. 찰칵.

그리고 그때부터 정지했던 시간이 다시 돌아갔다.

움직이던 사람들도, 동물들도, 식물들도, 인과율도 제자라를 잡아 가면서.

그리고 지호는 다시 전장에 돌아와 있었다.

놀란 눈이 된 사흉과 이를 보는 저승의 군단, 주군을 시해한 데에 대한 원한을 뿜어내는 천군이 보였다.

지호는 그들을 보며 외쳤다.

"있으라."

그 순간, 하늘에서부터 빛이 폭사하더니 주변이 황금색으로 물들었다. 마치 이불처럼 천천히 내려온 빛줄기는 모든 것을 삼켰다.

사흉이 가장 먼저 그 자리에서 사라졌다.

천군이 녹아내렸다.

천계의 최고신들도 뭐라 소리치기 전에 묻혔다.

지호를 따라온 저승의 군단은 고개를 끄덕였다. 어차피 오랫동안 허신으로 있었던 그들이었기에 이곳에서 사라진다고 해도 별달리 저항하지 않았다.

도리어 지호의 일부가 된다는 걸 알기 때문에 더더욱 좋아했다.

그렇게 시간의 바다도 허물어져 사라지고, 지호는 어느

새 이데아 속에 있었다.

"있으라."

지호는 세계수로 손을 뻗었다.

세계수가 환한 빛을 터뜨리고, 지호와 연결되어 세상을 덮고 있던 모든 인과율의 정보를 지호에게 넘겨주었다.

제아무리 신이라고 해도 전부 받아들이기엔 너무 방대한 양이었다.

그렇기에 지호는 '자신의 존재'를 잊어버렸다.

단순히 인과율을 제 입맛대로 쓸 수 있는 도구로 쓰려 했던 옥황상제와 다르게, 그는 인과율 그 자체가 되고자 했다.

세계수가 되어 여와의 자리를 그대로 계승했다.

지호는 세계, 그 자체가 되어 갔다.

화아아아아아!

"있으라!"

의식이 사라지기 전에 내뱉은 마지막 외침에 따라, 세상이 분리되었다.

드드드드드.

천계와 저승, 4개의 세상은 본디 절지천통으로 나뉘어져 있었지만, 거대한 의지를 지닌 무언가가 이것을 해제하고자 한다면 얼마든지 해제할 수가 있었다.

지호는 이 가능성마저도 분리시키고자 했다.

절지천통이 아니라, 세상 자체를 일일이 떼어 내어 별도로 돌아가는 별개의 우주로 만들어 냈다.

동승신주는 인계(人界)로, 남섬부주는 현계(顯界)로…… 그리고 각 우주는 저마다 새로운 역사를 가지게 되어 수미산으로 돌아가고자 하는 회소 본능도 완전히 지워져 버렸다.

곳곳에서 새로운 천지창조가 일어났다.

하지만 지호는 그것이 원래 맞는 거라고 생각했다.

각 세상은 더 이상 수미산의 후신이 아니었다. 각 역사를 지닌 별개의 장소였다.

그렇게.

창세가 완료되고, 새로운 세기[新世紀]가 열렸다.

하지만 그걸 깨닫는 사람은 아무도 없었다.

* * *

"손님? 손님!"

지호는 자신을 흔드는 손길에 게슴츠레 눈을 떴다.

손님? 내가?

"손님, 이제 영업 종료 시간이라 일어나셔야……!"

지호는 얼결에 눈을 떴다. 얼마나 급하게 머리를 들었는지 쓰고 있던 선글라스가 살짝 미끄러졌다.

"어? 혹시 손지호 씨……?"

종업원은 지호를 알아보고 눈을 휘둥그렇게 떴다.

하지만 지호는 그런 걸 신경 쓸 겨를이 없었다.

왜 자신이 여기에 있는 걸까? 분명히 자신은 세계수에 녹았을…….

'어?'

그러다 뒤늦게 깨달았다.

언제나 자신을 둘러싸고 있던, 이제는 너무 당연하다고 여겼던 모든 '권능'들이 사라지고 없다는 것을. 몸은 무거웠고, 보이는 건 지금 육안으로 보고 있는 게 전부였다. 또한, 자신이 겪었던 것들은 전부 까마득한 '꿈'이 되어 조금씩 머릿속에서 잊혀져 가고 있었다.

그리고 그 모든 것들이 꿈이 되었다는 것은…….

"죄송하지만, 지금 몇 시죠?"

"예? 11시 30분……."

"고맙습니다."

지호는 싸인을 해 달라는 종업원의 말도 제대로 듣지 못하고 허겁지겁 뛰기 시작했다.

휴대폰을 꺼내 어디론가 전화를 걸었지만, 신호만 갈 뿐 받지 않았다.

내심 초조해졌다.

왜 받지 않는 걸까. 평소에는 귀찮게 자기가 먼저 연락을 하고 했으면서. 왜 이럴 때는 꼭 안 받는 거야? 답답한 마음에 지나가던 택시를 잡아탔다.

"분당으로 가 주세요. 최대한 빨리요."

창밖으로 건물들이 빠르게 지나쳤다.

그럴수록 지호의 입술은 바짝 메말랐다.

왜 몰랐지? 이걸? 어떻게 여태껏 모를 수 있었던 거야?

이것이 여와가 준 선물이란 걸 알면서도 내심 언질도 안 해 준 그녀가 미웠다.

아마 이제는 주변에 휘둘리지 말고 못다 했던 것들을 다시 시작해 보라는, 모든 걸 평범하게 다시 시작해 보라는 그런 배려가 아니었을까.

지호는 지금 집 앞으로 갈 테니 나오라는 메시지를 남겼다. 하지만 숫자 1은 도무지 사라지질 않았다.

그럴수록 1분 1초가 지날 때마다 가슴이 타들어 갔다.

그새에 뭔가 잘못되지는 않았을지. 그새에 또 뭔가 바뀌지 않았을지.

지호는 목적지에 도착한 뒤 기사에게 돈을 주고 거스름돈도 받지 않고 재빨리 내렸다.

메시지를 확인해 보니 아직 확인을 하지 않은 것 같았다. 그래서 다시 전화를 해 보려는데, 갑자기 주택의 문이 열리면서 서은영이 나타났다.

씻고 있었던지 볼이 불그스름하고, 머릿결이 촉촉했다.

"너 왜 여태 전화를 안 받아!"

"예? 씻고 있었……."

와락!

지호는 더 이상 그녀의 대답을 듣지 않고 와락 끌어안았다.

서은영의 눈이 커졌다.

"서, 선배?"

"보고 싶었어."

서은영은 뭔가 말하고 싶은 눈치였지만 곧 '진실' 이 떠올랐다.

아아, 그렇구나. 난 이 사람과…….

그 진실은 마치 어느 여름날의 꿈처럼 곧 사라졌지만 그걸로도 충분했다.

그들에게 필요한 것은 과거가 아닌 현재였으니까.

그렇게 그녀도 지호를 끌어안았다.

달빛 아래.

두 사람의 포옹은 끝날 줄 몰랐다.

〈신세기전 완결〉

ORIGINAL FANTASY STORY & ADVENTURE
양인산 판타지 장편소설
마탑의 사서
"그대는 이 책으로 하여금
나와 같은 영광을 누리게 될 것이다."
사서에서 대마법사의 뒤를 잇는 제국의 영웅으로,
내일을 되찾기 위한 발렌의 여정이 시작된다!
dream books
드림북스

ORIGINAL FANTASY STORY & ADVENTURE
태선 판타지 장편소설
신수의 주인
매력적인 세계관을 가진 작가 태선의
『여신 시리즈』 마지막을 장식할 또 하나의 유니크한 소설
과연 그녀는 '파혼검' 을 만들어 내기에서 승리하고
그녀가 원하는 삶을 쟁취할 수 있을 것인가?
dream books
드림북스

화염포식자
불빨
중학교 때 한 말실수로,
쭉 왕따 인생을 살아온 최하급 헌터 김기환.
우연한 기회로 불을 '포식'할 수 있는 능력을 깨닫다!
최하급 헌터였던 한 남자의 통쾌한 성장기!
이루다 현대 판타지 소설
『불빨-화염포식자』
dream books
드림북스

DREAMBOOKS★

DREAMBOOKS★

DREAMBOOKS